绿色中国梦

人类只是自然界的一部分，
自然界永远不会顺从人类。

绿色中国梦

一江清水北上

裔兆宏 著

五洲传播出版社

大国行动……………………… 7

面临向北方送水“大考”…………… 31

勇于争先的江苏………………… 59

目录

凤凰涅槃的山东…………………… 99

丹江口拒绝污染…………………… 137

引言

我始终相信苍天有眼，大自然的一切变化，都是有规律的。任何对大自然的犯罪行为，都是要受到惩罚的，只有顺应自然，利用规律，才能驱利避害。

我看到了一则消息，由中国科学院、中国人民大学等单位专家共同撰写的《京津冀发展报告：承载力测度与对策》称，北京的城市综合承载力超过了警戒线，处于危机状态。主要原因是城市承载压力过大，城市支撑力随人口增加而下降。

参与报告撰写的、中国科学院虚拟经济与数据科学研究中心副主任石敏俊称，京津冀属于“资源型”严重缺水地区，人均水资源远低于国际公认的严重缺水标准。

按照这个报告分析，北京当地水资源只能承载 667 万人，相当于现有人口规模的 40%。

在这个春天里，就在我们为北京水资源揪心之时，许多人却在为南水北调工程而辛劳地忙碌着。

先看东线，滚滚春潮清流涌。

3 月 15 日 12 点 58 分，随着 “开坝放水”的一声令下，江苏睢宁二站下游围堰被迅速打开一道缺口，原本平静无比的徐洪河水，穿过管道，顺着河床，“哗啦啦”的奔腾向前，两侧翼墙就象张开的双臂，引导着河水向着睢宁二站的怀抱奔腾而去。

随着这一工程的竣工，江苏境内的南水北调工程已经接近了尾声，正在等待全面验收。

而在苏鲁交界，春分过后，素雅沉寂了整个冬日的南四湖渐发生机，湖周围 53 条河流奔流不息，源源不断地向其注入清澈的碧水。

“全市整体水环境质量已达到 30 年来最好水平！”在 3 月 22 日召开的济宁市环境保护工作会议上，济宁市环保局局长李继凯自豪地介绍。

京杭大运河

如今的济宁全市，列入《南水北调东线工程山东段控制单元治污方案》的 119 个项目全部建成；13 个省控入湖河流水质考核断面全部实现达标；南四湖内 5 处水质监测点位全部达到规划水质目标。

再看中线，春风又绿丹江岸。

当我站在丹江口大坝之上，极目远望，青山云烟渺渺，源自茫茫秦岭深处清澈甘甜的江水，碧波荡漾。

入春以来，南水北调中线水源区丹江口库区清库紧锣密鼓开展着。

十堰市库区各县（市、区）、各单位都抽出精兵强将，分区分段落实库底清理工作。这次清库工作，主要是实现无害化的卫生、林木、固废物、建构及漂浮物的清理。

3 月 2 日上午，十堰市滨江新区汉江两岸彩旗飘扬，市 3200 多名机关干部、企事业单位职工和中小学生在此挥锹铲土，提水浇灌，播下片片新绿。

清水入渠

按照规划，十堰正在申请创建国家森林城市，今年计划植树造林 30 万亩。

3 月 10 日上午，由南阳市民、网友及北京游客组成的 300 多名志愿者来到陶岔村，在南水北调渠首所在地植树。

不知有多少人，为了这史无前例的“南水北调”，为了这大江清水北上，正在书写着一幅如诗如画的篇章，正在用汗水铸就了一座人类引水工程的丰碑，正在用泪水谱写一首“奉献”的史诗！

第一章

大国行动

大国崛起，需要有使命感，需要责任担当。

大国崛起，需要整体战略，需要有大国行动，以行动诠释大国责任的丰富内涵。

大国崛起，需要共和国领袖们有超前的思维，超前的战略眼光，对国家民族的未来负责。

而大国行动，必须谋长远，谋全局，谋未来，用真心、信心和决心，向国家人民传递战胜危机的希望。

南水北调从梦想蓝图描绘到开工建设，正是适应了人民的愿望，迎合了时代的要求，诠释了实现大国崛起的历史使命。

干渴的北方

偌大的中国，一面是连年洪涝不断，一面又经常闹“水荒”。

特别是在中国的北方，缺水的日子越来越让人感受到了水的危机！

你若从南方的广州或者厦门坐上列车，沿铁道线一路呼啸北上，穿越一条条河流，你就会发现：南方河网密布，河流水量丰沛，不乏大江大河；越往北行，河水越少，许多河道都成了灌木丛和树林，只剩下那些依旧宽阔的河床，还在向人们昭示着它们当年的风姿。

越往北，越缺水。

按照公认的国际标准：世界上人均水量在2000立方米以下的，就是缺水国；人均水量不足1000立方米的，即是严重缺水国；人均等于或小于500立方米的，则为生存极限性缺水。

中国不仅水资源总量不足，而且空间分布严重失衡。南方水资源丰富，北方却极度贫乏。长江流域及其以南的水资源总量占全国7大流域总量的84%，而北方的黄淮流域只占9%。北方人均水资源不足1000立方米，仅为南方人均量的 1/3，是全国平均水量的 15%，是世界平均水量的 1/16。

北方黄淮海地区，是我国水资源与经济社会发展矛盾最为突出的地区。该地区总人口、国内生产总值均约占全国的35%，人口密度大，大中城市多，在中国经济格局中占有重要地位。但水资源量占全国总量的 7.2%，人均水资源量仅为 450 立方米，只占全国人均水平的 22%。

其中，海河流域人均水资源量仅为 272 立方米，不到全国人均水平的 1/8，是我国水资源最为短缺的地区。自 20 世纪 80 年代以来，黄淮海平原发生持续干旱，黄淮海流域水资源量持续减少。黄淮海地区缺水量达 313 亿立方米。其中：

黄河流域：缺水 94 亿立方米。

淮河流域：缺水 95 亿立方米。

海河流域：缺水 124 亿立方米。

中国地下水超采面积达 19 万平方公里，相当于一个河北省的面积。

北方生态的恶化，水资源的匮乏，我们自然无法苛求先祖的蒙昧与野蛮，但现实的境况却是严峻而残酷的！

中国北方枯竭的河流

特别令人不安的是，在北方地区，由于水资源严重匮乏的困扰，普遍存在水资源超负荷运行。为满足维持增长的水需求，不仅严重超采地下水，地表水即河川的径流也几乎是竭泽而渔。国际上对于地表水的开发利用有个公认标准，即开发利用率不能超过40%，否则地下水便因得不到补充而发生恶性循环。而眼下：

黄河流域径流利用率已达67%！

淮河流域已达60%！

北京、天津、河北所在的海河流域已达90%！

中国缺水，华北尤其严重。黄河、淮河和海河，是华北的3条主要河流，黄淮海地区人均水资源占有量仅为全国平均水平的1/5。

华北缺水，又以京津地区为甚。海河流域人均水资源占有量还不足全国的1/7，甚至不如处于中东沙漠地区的以色列。

恶化的生态环境，枯竭的水源地，不断攀升的用水量，使得华北的许多大小河流，早已成了流干眼泪的泪痕。

首先是黄河断流了。

被称为中华民族母亲河的黄河，曾经被炎黄子孙们糟蹋得惨不忍睹，从1972至1998年的27年中，共断流21年，累计1050天。

特别是进入上个世纪90年代后，黄河年年春季断流，而且断流的时间一年比一年提前。1995年，下游的东营比1994年提前42天断流；而1996年又比1995年提前72天。

断流的时间也越来越长。1995年是180天，断流的距离为622公里；1996年洛阳以下全部断流；最严重的是1997年，断流13次，其中有一次断流河段长达700多公里！该年有330天滴水未能入海！

滔滔万里的江河，竟然到了滴水全无的地步，这是令人无法想象的！

1996年5月，山东滨州、东营市一带所有的自来水龙头前，都排起了长队。人们忽然感受到黄河真是太重要了！浑浊无比的黄河水太可爱了！那时，黄河大堤上，时而会见到翘首以待的老乡，面对黄河呼喊着："黄河啊，你咋就不来水了呢？"

首都北京严重缺水。

北京，这古老的都城，是常住人口超过2000万的巨大都会，水资源

山东东营黄河故道

的年人均占有量却不足300立方米（以2000年统计），是中国人均的1/8，世界人均的1/30。按世界标准，北京属于极端严重缺水地带！而2010年，北京全市用水量就达到35.7亿立方米，其中生活用水15亿立方米，相当于一个滇池。

随着经济腾飞、人口膨胀，北京城的面积不断扩大，从上个世纪的70、80年代，北京就开始闹水荒。1981年的夏天，北京开始了有史以来的第一次水荒。全城90%以上的地区降压供水，时间长达近300个小时！市民们因缺水，生活一时乱了套，没水怎么吃怎么喝？还有怎么冲刷抽水马桶？350多家企业被限制用水，其中大部分工厂被迫停工、停产……

因北京持续干旱，降压供水、停水事件，屡屡发生。北京的密云水库和官厅水库，是冀、京、津3省市30万人民在20世纪50年代共同建成的。原先，一直肩负着北京、天津供水的任务。

然而，因北京持续的水荒，从1982年起，国务院决定：不再向同样遭受干旱煎熬的冀、津地区供水！

从20世纪80年代至今，干旱一直困扰着北京城。当然，2012年的夏季是个例外。

据 2013 年《京津冀发展报告：承载力测度与对策》称，2011 年，北京水资源总量为 26.81 亿立方米，按照 2011 年末常住人口 2019 万人加上流动人口约 240 万人算，人均水资源占有量仅为 119 立方米，远低于国际人均水资源 1000 立方米的重度缺水标准。

报告分析，北京市的水资源人均需求量约为 345 立方米。北京社会科学院博士李彦军称，2011 年北京全年水资源缺口量为 9.2 亿立方米，这种巨大差额不得不依靠过度开发地表水、超采地下水以及依靠外来水源的补给。

根据公安部门的资料，1949 年北京有人口 420 多万，市区人口 200 万，郊区、农业人口 220 万，到上世纪 70 年代时北京人口已经达到六七百万。

1999 年，北京市的人口密度每平方公里是 766 人，而到 2011 年，北京市每平方公里则达到 1230 人，已超出了土地资源人口承载力。

在历史上，北京是水资源较为丰富的地区。清朝北京城经常面临洪灾威胁，当时最大的威胁，是来自有“小黄河”之称的永定河，皇帝赐名“永定”，就是希望这条河不要再泛滥。此外，北京的万泉河、玉渊潭、莲花池等带水的地名，在当时都是名副其实的水域。

然而，随着北京的城市扩张，随着工业的迅猛发展，随着人口的急剧膨胀，丰富的地表水系迅速断流、干涸，甚至地下水也超采严重，形成“有河皆干，有水皆污”的困局，缺水局面渐渐逼近。

北京母亲河永定河断流至今已 30 余年，北京这座城市所依托的流域 21 条主要河流全部断流。

唯一一条发源于北京市的温榆河及其 100 多条支流，现在只有 4 条有水。

河流干涸了，就开采地下水。但因为超量开采地下水，北京周围已形成了 2000 平方公里的漏斗区，这种地质现象会导致地面沉降。近年来，北京市区偶尔出现的地面塌陷现象，已经在警示人们：地面沉降情况危急！

天津严重缺水。

历史上的天津，曾有“九河下梢”之誉，天津市区内河纵横、海浪涛

河床干旱

涛。被天津人称为母亲河的海河有72公里长，穿城而过。可以说，过去的天津一直不缺水，而是一直在闹洪水。

此时，自从上世纪的五六十年代之后，北京、河北、山西、山东、内蒙、辽宁、河南等广袤地域，遍地开花，纷纷开始截流蓄洪，修筑水库，海河流域一下子修起了大大小小1900座水库！所有的河流都被拦截了，蓄水了！

从此，海河流域再没有洪涝之灾了，天津再不被水淹了。

然而，新的问题出现了：干旱到来了！原本每年高达140多亿立方米经天津入海的水量，结果连1立方米的水都流不到天津了！

从1972年始，天津便进入了一连几十年的水荒……

从2000年至2004年，面临断水的天津又连连向中央呼救：天津缺水！

于是，国务院又连续4年作出“引黄济津”应急调水的决定。此间，曾9次用黄河水解救天津的干旱之困。

然而，黄河自身都断流了，哪有滚滚之水不断地解救干渴的天津！

看到长长的河床，赤裸裸的暴露在光天化日之下，干裂的胶泥地被灼

缺水的北方

热的阳光烤出鱼腥味，你还能要求母亲河作出怎样的牺牲和奉献？

人们在叹息之后，还是叹息。

事实就是这样残酷无情！

当年，天津人均水资源量只有 165 立方米！这比沙漠之国以色列还少 100 多个立方！这还不到联合国测定的生存极限缺水 500 立方米的 1/3！

这是当年全国水资源量最低的城市！只有全国平均量的 1/15。

天津怎么生存？怎么发展？

天津，市区地面就因过度开采地下水下沉了 3 米，还因此受到海水倒灌、诱发地震的严峻威胁！

何止是北京、天津缺水，再看看其周边地区。

河北严重缺水。

环绕京津的河北省，50 多年来，河北省的降水量平均减少 120 毫米，1997 至 2003 年河北连续 7 年发生干旱。目前，全省人均水资源占有量为 307 立方米，在全国排名倒数第四，是全国人均值的 1/7，不及国际上公认的人均 1000 立方米缺水标准的 1/3，甚至比不上以干旱缺水著称的中东和北非地区；每公顷土地含水量仅为全国平均值的 1/9，比宁夏、天津略多，是缺水最严重的省份之一。数据显示，2001 年末到 2011 年末，平原区浅层地下水位平均下降 3.62 米，深层地下水位平均下降 6.83 米。除秦皇岛和唐山两市供需基本平衡外，全省其他各市均属缺水区。

在河北省宣化县王家湾乡，有一个叫瓦玉沟的村。它位于乡政府驻地西南 15 公里处，距今已有 600 多年历史。通往瓦玉沟村的路是一条干涸的河道，布满了尖利的碎石。沿线向阴的山体一片绿意，向阳的山体则裸露着黄胶泥，山坡上长着一丛丛枯黄的杂草。在瓦玉沟村，一座废弃的戏台伫立在村口，依稀可见昔日的辉煌。

因村里的水井没有水，村里的人一年都洗不了一次澡，地里只能种些玉米、谷子、土豆、山药等耐旱的作物。

据瓦玉沟的村支书李忠介绍，1989 年他开始当村支书，从那时起村子里就缺水。机井打了 150 米，地下全是红胶泥和碎石，根本打不出水来。村民们只能去较远的地方拉水，或者饮用雨水。村口的瓦玉沟河是丁玲小说《太阳照在桑干河上》中的那条桑干河的支流，可他 30 多年来从来就没见过河水。

破败的戏台，废弃的水窖，空无一人的院落，枯黄的皮尖草，满目皆是，原本 220 人的古村，现在却仅剩下 8 户 13 口人。这就是如今河北宣化县瓦玉沟村的情景。

在河北一些地区，因干旱缺水等原因，正在形成“空巢村”、“空心村”和“空壳村”。

瓦玉沟所在的王家湾乡，共辖 32 个行政村、18 个自然村，户籍人口 8033 人，但目前常住人口仅 3000 多人，基本为老弱病残，青壮年劳动力大多外出打工。

因严重超采地下水，导致地下水位迅速下降，由此造成河北境内 400 多条河流绝大部分干涸，内河航运里数已变成“零距离”。而上个世纪五六十年代，河北省内河航运长达 3000 多公里，从天津坐船途经河北可直达河南安阳。

河流干涸还造成了湿地失去水源，逐渐开始萎缩。据统计，上个世纪五六十年代，河北省共有湿地面积 1.1 万平方公里，而如今，仅剩 600 多平方公里。上世纪 60 年代后，号称“华北明珠”的白洋淀先后历经 6 次干涸，特别是 1983 年至 1988 年连续 5 年的干淀，让被誉为“华北明珠”的白洋淀衰竭。上世纪 90 年代后，经过各种努力，白洋淀才再没有干涸，逐渐维持了生机和活力。

河北省民政厅统计，2011 年全省受旱面积 85.6 万公顷，其中绝收 2.7 万公顷，受灾人口 1128 万人，因旱致使 51 万人出现临时性饮水困难，直接经济损失 15.5 亿元。

目前，河北省一般年份缺水 124 亿立方米，即使南水北调建成生效后，其引水量也只能弥补地下水超采量。

令人焦虑的是，上个世纪 80 年代以来，由于用水量增加，河北省地下水累计超采超过了 1200 多亿立方米，相当于 200 个白洋淀的水量，造成地下水位持续下降，进而导致土地干化、地面塌陷、地表裂缝。目前，华北平原地区已出现 5 万多平方公里漏斗区，成为世界上最大的地下水漏斗区。

紧靠大海的山东严重缺水。

山东德州麦田干裂

历史上山东发生的自然灾害，旱灾一直稳居第一。

新中国成立后，干旱并未减轻。从 1949 年至 1990 年的 42 年间，除了降水量罕见的 1964 年外，山东有 41 年发生了程度不同的旱灾，全省平均每年受灾面积 173.72 万公顷。

1989 年，山东出现了新中国成立以来受旱面积最大的一次。该年降水 449 毫米，较历年偏少 36%，春夏秋三季连续干旱，伏旱非常严重，全省受旱面积达到 422.5 万公顷，成灾面积达到 230.7 万公顷，是新中国成立以来受旱面积最大的一次。

1999 年，山东新一轮干旱便拉开了帷幕，然后连续 4 年出现干旱，最为严重的出现在 2002 年，干旱致使当年 23.1 万公顷农作物因缺水无法播种，67.2 万公顷干枯死苗，792 万人饮水困难，全省 500 多家工业企业实行定量供水，60 多个县级以上城市供水不足，南四湖干涸，全省因旱直接经济损失达 260 亿元以上。

山东省人均占有淡水资源量仅 334 立方米，不到全国人均占有量的 1/6，仅为世界人均占有量的 1/25，位居全国倒数第三位。

按 2000 年末山东省耕地面积计算，全省亩均水资源占有量 263 立方米，也仅为全国平均亩占有量的 1/7。这也就是说，山东省每人每天平均还分不到 1 立方淡水，平均每平方米农田每天只有约 1 升水可供灌溉。

截至 2010 年底，山东全省虽有各类水库 6285 座，但水资源的年内分配具有明显的季节性。全年的降水量约有 3/4 集中在汛期；全年的天然径流量约有 4/5 集中在汛期，特别是 7 月、8 月份，甚至是集中在一两次特大暴雨洪水之中。

这一自然特点，是造成山东洪涝、干旱等自然灾害频发的根本原因，同时也给水资源开发利用带来了很大困难。

山东对于南水北调的积极性最高，多次向中央请求，要求南水北调东线一定要经过山东。

地处黄土高原的山西也同样严重缺水。

山西位于海河流域上游和黄河流域中游，海河流域面积占 38%，主要河流有桑干河、永定河、滹沱河、漳河等；黄河流域占 62%，主要河流有汾河、沁河、涑水河、三川河等。除北部有少数支流从内蒙古入山西

村落遭受沙尘暴袭击

境内，其他河流均呈辐射状自山西境内向四周发散。

山西省全年地表水流量为 69 亿立方米，但 2/3 都流出山西。为此，山西被称为华北地区的“水塔”。

山西南北长约 680 公里，东西宽约 380 公里，由南到北气候条件从半湿润区过渡到半干旱区，由东向西太行山、太岳山、吕梁山纵贯，阻隔了东南暖湿气流的西升北进。特殊的地理位置、地形及气候条件，决定了山西干旱灾害频繁，几乎年年有旱。新中国成立 60 多年来，全省有 53 年均发生不同程度的旱情，平均 1.13 年发生一次。

全省水资源总量 89 亿立方米，其中地表水资源量 69 亿立方米。人均占有资源量 381 立方米，仅为全国人均值 2100 立方米的 18%，属于水资源贫乏的省份。

同样，地处中原的河南也是整体上干旱缺水的省份，特别是河南的西北地区严重缺水。

1942 年河南旱灾致死 300 万人的事，去年被搬上了银幕，可谓发人深省。

还有河南因为 1959 年大旱而诞生红旗渠的壮举，也是全国尽人皆知的动人心弦故事。

而促使这一壮举诞生的，则是当地严重干旱的缺水困境。

林县民间流传着这样的歌谣：

“天旱把雨盼，
雨大冲一片，
卷走黄沙石，
留下石头蛋。”

特别令人心酸的，还有“一担水要了新媳妇的命”的悲惨故事。

林县任村区桑耳庄村是个典型的缺水村。民国初，全村 300 多户人家，常年跑到 8 里地以外的黄崖泉担水吃。黄崖泉环境险恶，曾经跌死、跌伤很多人。有一年大旱，黄崖泉的泉眼只有香火头那么粗，远道来担水的人越来越多，大家只能排队，慢慢等待。

大年三十，年过六旬的桑林茂老汉起五更爬上黄崖泉，想趁早挑一担水回家过年。可一直挨到天黑，才接满了一担水。回来的路上，桑林茂小心地挪着小步，生怕洒出一点水。

桑林茂回到村时，天已经黑了。听说公爹回来了，新过门的儿媳妇提着灯笼，出村去迎接。因天黑路陡，新媳妇的脚又小，接过水担，她刚走了几步，就一不小心被石头绊倒，一担水全都倾没了。儿媳妇又气又愧。回到家里，她一声不吭，竟悬梁自尽了。桑林茂怀着满腔悲愤埋葬了儿媳妇，大年初一领着儿子，踏上风雪交加的逃荒路。

林县的水比油还贵。正是这种严重缺水的状况，推动着世界最著名的水利工程红旗渠的兴建。

然而，红旗渠建成后的上世纪 60 年代，年引水量达 3.7 亿立方米；到上世纪七八十年代，年均引水量下降了 1 亿多立方米；1990 年至 1998 年，年均引水量只有 1.4 亿立方米；而 1998 年至 2000 年 3 年间，才引了 2.1 亿立方米的水，年均引水量仅为 0.7 亿立方米。

红旗渠于 1997 年首次断流，2002 年，占河南省林州市农业用水总水量 95% 的红旗渠，断水时间长达 76 天，导致 30 余万农田灌溉受影响。

与红旗渠相关的省份包括山西、河南、河北 3 省，也就是说，红旗渠的源头——漳河事关三省的用水大事。

现在，河南省一般干旱年缺水 49.6 亿立方米，中等干旱年缺水 78.3 亿立方米。如今，节水灌溉使河南农业用水效率大幅提升。农业用水量占全省总用水量的比例，已由 1998 年的 72.2% 下降到 2008 年的 52%；吨粮用水量由 1980 年的 420 立方米下降到 2008 年的 141 立方米。

但河南全省水资源贫乏的状况，仍然不容乐观。

北方因缺水，年经济损失高达 4700 多亿元人民币！

目前，中国有 3000 万人和几千万牲畜吃水困难！

3 亿多人用不上健康、卫生的饮用水！

干渴笼罩下的北方，遍布着对水的期盼。

从山东的胶东半岛到燕赵大地，从天津到北京，城郭处处，沃野千里的北方大地，处处可见缺水的困顿。

中国就是这样的一个国度：年年洪水，年年抗旱。南方水漫城池，北方则土地龟裂。

水资源的严重不足，成为制约地区经济社会发展的重要因素。尤其是上个世纪 90 年代以来，北方曾连年干旱，水资源完全靠老天恩赐，缺水不仅影响到工农业生产，而且直接影响到城乡居民的日常生活。

1997 年至 2005 年，华北地区又遭遇了连续 8 年的大旱，北方大地一片焦土。春旱连夏旱，夏旱连秋旱。

为确保城乡供水安全，国家实施了引滦入津、引黄济青、引滦入唐、引碧入连、引大入秦等大型工程。

与北方相反，长江流域及其以南地区，水资源量是华北地区的 3 至 4 倍，达 9000 多亿立方米，数千年来为洪涝灾害所苦。

这里我要说的是，不是南方就只有水灾没有干旱，北方就只有干旱没有水灾，而是从整体上而言的。比如说去年夏季的北京涝灾，比如说近年来云南的持续干旱，都曾牵动全国上下关注的目光。

但从整体看来，南方水丰沛，北方则缺水。

长江水灾

一代伟人之梦

自然界的一切都是有规律的，水也同样如是。但人类的伟大之处在于，善于利用自然规律，为人类自身服务。

善于利用自然规律，必须有严谨的科学态度，必须有深邃的思想，必须有神奇的妙想。

洪涝干旱始终是华夏民族的心腹之患，也是高悬在历朝历代统治者头上的一把利剑。从大禹治水到明清年代的“闯关东”，从李冰父子修建都江堰到隋朝开凿京杭大运河，哪一个不是为了围绕洪涝旱灾而展开的故事。

早在 1919 年，孙中山制定《建国方略》时，就曾试图开启南水北调的实践。

新中国诞生后，江河泛滥、洪水成灾，自然也成了新中国缔造者们心头的忧患！

毛泽东是一个极具浪漫主义色彩的伟大诗人，但他更是一个无产阶级的政治家。

1952 年 10 月 25 日。一个金风送爽的日子。

那天，毛泽东神采奕奕地来到黄河岸边。这也是他自 1949 年 3 月进

1952 年 10 月，毛泽东视察黄河。

入北平后的第一次出京巡察。

站在高高的黄河南岸，面对滔滔奔腾的黄河，毛泽东问身边的黄河水利委员会主任王化云："南方水多，北方水少，如有可能，借点水来也是可以的吧？"

面对共和国主席毛泽东的发问，王化云说："可借长江水，长江是不可替代的。第一，长江水量充足，有水可借。第二，长江支流汉江水量也充足，也有水可借。第三，汉江的支流丹江，就在河南省境内，靠近北方，借水比较方便些。"

听了王化云的汇报，毛泽东笑了笑，说："没想到你王化云竟是一个踢皮球的高手，一下把这个皮球踢给林一山了。"说到这里，毛泽东停了一下，又对王化云说："你说的不是没有道理。南方水虽多，能借点到北方也只能是长江了。有道理，有道理。"

从此，一幅跨流域调水的宏伟蓝图，就开始在一代伟人毛泽东的心中描绘。

1953 年 2 月 20 日。

江西九江。一个晴空万里的日子。

这一天，毛泽东乘"长江号"军舰由武汉去南京。江西九江区段，大江宽阔平缓，温暖阳光映射下的长江，水光潋艳，熠熠生辉。站在"长江号”军舰上，毛泽东伟岸屹立，望着浩浩荡荡的长江，顿时心潮澎湃，浮想联翩。

他先是凝神北方，然后转身对问长江水利委员会主任林一山：“北方水少，南方水多，能不能把南方的水调一部分到北方？”

林一山回答说：“可以。”

毛泽东在桌上展开林一山带来的《中国地图》，开始用红蓝铅笔在地图上“指点江山”。

毛泽东手上的铅笔首先指向了四川北部的白龙江：“白龙江水大，能不能调到长江以北？”

林一山答：“不行。”

“为什么不行？”毛泽东抬头注视着林一山。

“白龙江发源于秦岭，秦岭以南的水，由西北向东南流入四川盆地，越向下游水量越大，但地势越低，不可能穿过秦岭把水引向北方。而将白龙江的水引向西北更有意义，引水工程也有兴建的可能性。越是河流的上游，地势越高，居高临下，则利用地势自流引水的可能性越大。但水量却较小，因此引水价值不大；反之，河流越是下游，水量越大，地势又越往下越低，引水工程的可能性越小。”林一山侃侃而谈。

听了林一山的解释，毛泽东觉得言之有理，也没再往下问了。

过了一会，毛泽东又将铅笔指向嘉陵江干流上的西江水问：“这里行不行？”

“不行。”林一山指着地图说。

“为什么？”

“道理同白龙江一样？”

毛泽东手中的铅笔又指向了江汉：“汉江行不行？”

“汉江有可能。”

“道理何在？”

“汉江与黄河、渭河只隔着秦岭平行向东流，越往东地势越低，水量越大，而引水工程规模反而越小。”

毛泽东边听边指着地图，用铅笔在汉江上游至下游的一些江段画了许多杠杠，每画一个杠杠就问这里行不行，那里行不行。林一山一一做了回答。

1953 年，毛泽东在“长江”舰上听取林一山汇报工作。

当毛泽东把铅笔指向丹江口一带时，林一山忙说：“这里可能最好，可能是最好的线路。”

“为什么最好？”毛泽东顿时眉头舒展，双眸放光。

“汉江从丹江口再往下即转为向南复向北，河谷变宽，没有高山，缺乏兴建高坝的条件，所以不具备向北方引水的有利条件。”

“你即派人查勘，有资料就给我写信，不一定等到系统成熟了才告诉我。”毛泽东急切的心情溢于言表。

“1950 年 2 月，我组织了一些技术专家查勘了襄阳以下的碾盘山坝址线。该坝址线原为美国人史笃伯所选定，作为解除汉江洪灾的主要工程方案。”林一山停了一下，接着说，“经过我们几次的查勘和方案比较，史笃伯的坝址方案不能解除汉江洪灾的威胁，其防洪作用很小。因而我们选定了丹江口水利枢纽作为汉江流域规划的主体工程，并论证了它是汉江流域规划最理想的第一期工程。”

“很好，很好。”毛主席当即对林一山说，“你回去以后立即派人再勘察，一有资料就立刻给我写信。”

“长江”舰顺流而下。江流奔涌，滔滔东去……

不知不觉间，船就要到南京了，毛泽东在与林一山告别时叮嘱道：“三峡工程暂不考虑开工，我只是先摸个底。但南水北调工作要抓紧。”

毛泽东不愧是伟大的战略家，他对很多事情确实有“叶未落而知天下秋”的前瞻性，当别人对前面的路还只看到云和雾的时候，他已经站在山巅上登高极目，畅想未来了。

后来，林一山在回忆时，心情颇为激动。他说：主席在“长江”舰上勾画的这幅宏伟蓝图，深深地印入了我的脑海，让我豁然开朗。主席的眼光、胸怀和气魄确实与众不同，他从战略的高度，肯定了长江治理与开发中最为关键的两大课题：三峡工程和南水北调。

1954，林一山把自己编写的《南水北调》报告寄给了毛泽东。

1958 年 3 月，在成都召开的中共中央政治局扩大会议上，毛泽东纵论南水北调，他挥舞着手臂，充满激情地指点江山：“打开通天河、白龙江，借长江水济黄，从丹江口引汉济黄，引黄济卫，同北京连起来。”

林一山回忆说：“看了毛主席的这段讲话，证明毛主席看了我写给他的信。”

1958 年 3 月 7 日，周恩来总理赴成都出席政治局扩大会议，在会议上作了《关于三峡水利枢纽和长江流域的规划报告》，扩大会议完全同意周总理的报告，并正式做出了关于三峡工程的决议。同时在这个会议上，中共中央作出了兴建丹江口水利枢纽工程的决定。

不久，中共中央下发了《关于水利工作指示》，强调指出：“全国范围的较长远的水利规划，首先是以南水北调为主要目的，应加速制定。”

自此，“南水北调”一词第一次出现于中央文件。

此后，中国科学院和原水利电力部迅即共同组成了全国性的南水北调研究组。

1959 年，长江水利委员会编制完成了《长江流域综合利用规划要点报告》，确定了南水北调是长江综合开发利用的重要任务，并规划出南水北调西、中、东三条路线……

果然，1973 年在汉江建成（1958 年始建）的丹江口水库，其水工建筑物除了通常的大坝、水电站、泄洪闸、船闸之外，还有向华北引水的引水闸和渠首工程。

不过，从调水意义而言，丹江口水库也只是一个“半拉子工程”，向华北引水的引水闸和渠首工程也只是个象征性的摆设。

从 1972 年至 1979 年水利部门一直在作东线工程的考察和规划，从 1980 年开始，东、中、西三线全面进入规划研究阶段。1987 年 9 月，水电部对长办提出的《南水北调中线规划报告》进行初步审查。

经过反复的规划、论证、审查，直至形成长达百万言的《南水北调工程总体规划》（简称为《总规》），这一时间先后长达 22 年。

从梦想到蓝图

梦想是激情，是希望。伟大的梦想，源于现实的土壤。

但实现伟大的梦想，让梦想开花结果，更需要激发力量，需要鼓励奋斗，更要有赖于现实的强力支撑。

从 1952 年毛泽东在黄河岸边的宏伟构想，到 2002 年南水北调工程开工，时间长达半个世纪！

一个东方古老文明的“大国水梦”，终于梦想成真！

追求幸福梦想，始终是人类奋进的激情与动力！

人类的发展史，从某种意义说，也是人与水的历史。

南水北调规划的时间长达 50 年，工程静态总投资高达 5000 亿元人民币。在偌大的中国版图上，这南北流向的 3 条调水工程，将与东西流向的长江、淮河、黄河、海河纵横交叉，最终形成一个世界上罕见的水资源“中国网”。

中国的南水北调是迄今为止世界上规模最大的调水工程，规模及难度国内外均无先例。它包括东、中、西三线，与长江、淮河、黄河、海河相互连接，构成“四横三纵、南北调配、东西互济”的水资源总体格局。

东线：从扬州江都抽引长江水，利用京杭大运河及其平行水道逐级提水北送，至山东境内分为两路，一路继续向北，最终入天津；一路向东，

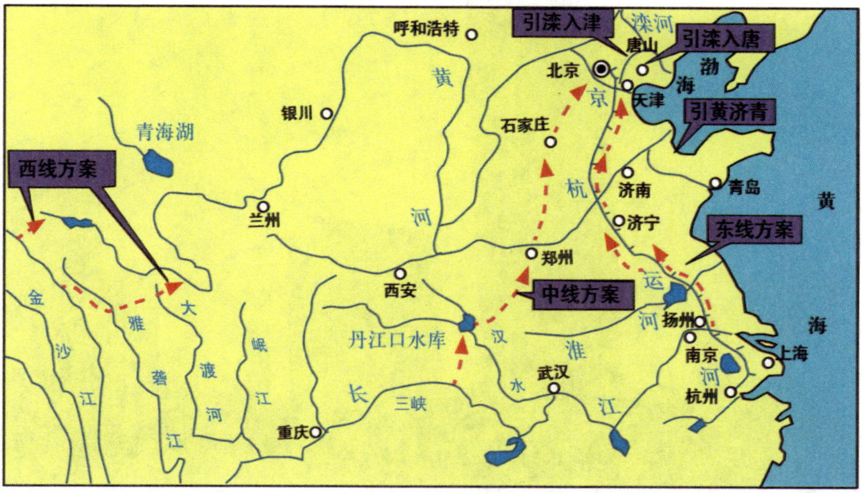

南水北调线路图

经济南，进抵烟台、威海。一期工程干线全长 1467 公里。

中线：从丹江口水库引汉江水，沿黄淮海平原西部边缘北上，在河南穿越黄河，经河北到达北京和天津，全长 1432 公里，一期工程投资 2013 亿元。最新建设目标是一期主体工程于 2013 年完工，2014 年汛后实现通水。

值得一提的是，从石家庄到北京的京石应急供水工程已于 2008 年竣工。至 2012 年 7 月，已完成了三次调水，累计调水量达 13.79 亿立方米，入京水量 11.24 亿立方米，高峰时段，日供水量占北京城区自来水供应总量的 65% 左右，有效缓解了京城的用水紧张状况，提高了首都的供水安全保障水平。同时，调水进京减少了对地下水的开采，有利于防止地面出现沉降，也使得北京城区的水质得到明显改善。

西线：尚处于前期工作阶段，计划在长江上游通天河、支流雅砻江和大渡河上游筑坝建库，开凿穿过长江与黄河分水岭巴颜喀拉山的输水隧洞，调长江水入黄河上游。目标是解决青海、甘肃、宁夏、内蒙古、陕西、山西等 6 省区的缺水问题。

三线最终调水规模为 448 亿立方米，东、中、西干线总长度达 4350

公里。目前，正在实施的东、中线一期工程调水规模为 184 亿立方米，线路总长近 3000 公里，总投资 2546 亿元，超过三峡工程的 1500 亿元，移民 34.5 万人。

截至 2012 年 7 月底，南水北调工程建设项目累计完成投资 1634.9 亿元，占在建设计单元工程总投资 2188.7 亿元的 74%。

南水北调东、中线全面竣工通水后，相当于给北方地区新开辟了一条

优美的天津水环境

黄河，供水面积达 145 万平方公里，约占我国陆地面积的 15%，直接惠及人口达 5 亿以上，润泽 15 个省、自治区和直辖市，特别是能为 44 座大中城市解决缺水之苦。

在中国大地上，人们企盼着在不远的未来，3 条巨龙将会带来华夏民族生命的生机与活力！

这一以江河之水编织的蓝色之网，就是当代中国的百年水梦！

第二章

面临向北方送水“大考”

通水，是污与治的较量，是清与浊的对决。

通水，就必须是一泓清水，就是裸露着身子，向世人自豪地展示；藏污纳垢，掩掩藏藏，则不敢大大方方走向前台。

50 年规划，50 年建设，5000 亿元投资——中国南水北调，注定要被历史冠以“世界规模最大的调水工程”。

河北境内的南水北调渠

时不我待，形势逼人。"一江清水北流"的理想预期最终能否实现？实际治污进展到底怎样？一切看能否按期通水！

通水就是大考，就是检验治污质量是否过关，就是"鲤鱼跃龙门"。

迎接大考必须有豪气，更要有底气。

否则，就必须重新打量！

开工，更让"治污"成热点

"大江歌罢掉头东"，梦想成真待时空。

南水北调，从毛泽东勾勒的伟大梦想到横空出世，经历了整整半个世纪。期间，伴随着共和国跌宕起伏的艰难历程，可谓步履逶迤。

在中国北方，早有"十年九旱"之说。

旱灾，使我国经济特别是农业生产蒙受了巨大损失。

统计表明，从 1950 年至 2000 年，因为干旱全国平均每年直接减收粮食 100 亿公斤以上，约占各种自然灾害造成粮食损失的 60%。全国平均每年受旱面积达 3.26 亿亩，成灾 1.34 亿亩。

2000 年前后，由于干旱，在山东威海城市居民不得不承受超额用水加价 40 倍的付出，而辽宁大连的桑拿浴池则大部分被迫关闭。在北方，企业实行定额供水，这已经成了每年不算新闻的事实。

南水北调工程急迫上马，还有一个重要原因，那就是 2000 年前后，中国北方的干旱状况持续加剧。

上了年纪的人或许还记得，1983 年，引滦入津工程建成通水时，天津人欢呼雀跃，以为天津从此可以与水荒告别了，可以高枕无忧了。可不到 20 年，水荒再次威胁着天津这座北方大工商业城市。

它又一次向天津人，乃至整个北方地区敲起警钟：

北方每时每刻都会受到缺水的威胁，万万不可掉以轻心！

2000 年，北方广大地区发生严重旱灾，粮食减产，天津等华北地区和山东半岛包括济南在内，许多城市都被迫限量供水。天下名泉趵突泉也数度停止了喷涌。上面已经讲过，为了解决天津的燃眉之急，国家不得不采取应急措施，再次花巨资从远在千里的黄河调水救天津，以缓解缺水危机。

钻孔施工

2001年，中国北方在连续3年的大旱之后再次遭遇干旱，其中辽宁、河南、河北、天津、山东、内蒙等地，呈越来越严重的趋势。

在天津市，2001年已是第5个年头连续遇到严重干旱。作为天津供水的主要水库于桥水库的水位，在2001年6月初降低到10年来的最低点，摆上1个月的催雨用的大炮火箭派不上用场，用水一度进入了倒计时；而在辽宁，从未断流过的辽河第一次断流，并且断流长度超过了100公里。

在北京，2001年城市缺水的状况十分紧迫，仅5月份北京降水就比上年同期降水减少86%。北京密云水库原本可以蓄水30亿立方米的水库，此时库容只有18亿立方米。北京现有的水资源，将无法满足城市的需要。

干旱使得黄河、淮河几乎年年断流。北方水资源的缺乏，使得城市用水不得不挤占农业用水，不得不挤占生态用水，不得不大量超采地下水。缺水，已经成为制约中国社会经济发展的一个瓶颈。

与此相反的是，就在北方大力抗旱的同时，南方却在防汛甚至抗洪，大量的水却白白流走。

面对如此严酷的缺水状况，如何才能解救北方缺水？

善治国者，善治水。

党中央、国务院高瞻远瞩，适时作出了兴建南水北调工程的重大决策。

2002 年 12 月 27 日。北京人民大会堂。

举世瞩目的南水北调工程开工典礼在这里隆重举行，东线的江苏、山东两省也在施工现场同时举行了开工仪式。

设在人民大会堂的主会场布置得隆重而简朴。上午 10 时，在欢快的乐曲声中，南水北调工程开工典礼开始。典礼由中共中央政治局委员、国家计委主任曾培炎主持。曾培炎首先宣读了国家主席江泽民的贺信。

上午 10 时 15 分，当苏、鲁省两主要负责人分别向主会场报告分会场开工准备完毕之后，国务院总理朱镕基庄重宣布：

“南水北调工程开工！”

顿时，北京人民大会堂主会场内掌声雷动。

江苏、山东施工现场，彩旗招展，马达轰鸣。

“南方水多，北方水少，如有可能，借点水来也是可以的。”

至此，从孙中山的民族复兴之梦，到共和国领袖毛泽东的宏伟构想，经过了 50 多年的勘测、规划、论证，终于成为现实。

涛涛大江北上，赫赫千秋伟业。

50 年的蓝图，50 年的建设，5000 亿元的投资！

一年之后的 2003 年 12 月 30 日，北京永定河倒虹吸工程和河北省滹沱河倒虹吸工程同时开工。

这标志着石家庄到北京应急供水工程的启动，同时也拉开了南水北调中线工程建设的序幕。

中国南水北调，是人类有史以来规模最大的水利工程。

然而，南水北调东线“治污”一词，再次成了国内外媒体焦点、热点的词汇。南水北调东线的取水口，包括淮河入长江的水道，那可是现代中国水源污染比较严重的区域。淮河，在安徽蚌埠曾经是连五类水都达不到的水质，沿岸的子民们竟然守着淮河没水吃。

还有中线的水源地，同样有人们心头挥之不去的“恶梦”。

中线工程主要供水目标：是京津及华北地区；

供水对象：是城市生活和工业用水，兼顾生态、环境与其他用水；

鱼台县唐马河截污导流工程

受水区的涉及城市有：北京、天津、石家庄、郑州、安阳、新乡、邯郸、保定等 130 余座大小城市。

根据南水北调的总体规划，中线将从丹江口水库陶岔渠首取水，2010 年将全线贯通，年调水量为 95 亿立方米，水质要求达到二类地表水。

中线水源地的水质保护，就是向北方送水的生命线。防污治污，将直接影响到整个中线调水，能否治理好汉江上游水源区的污染，特别是一些污染比较严重的支流，已迫在眉睫。

从 2005 年到 2010 年，离通水的时间仅有 4 年的时间。京津等华北人民企盼着甘甜的丹江啊！但 4 年后，他们能如愿喝上干净的丹江水吗？

要知道，那是中国中部的贫困山区，非法采矿事件屡屡发生，黄姜加工污水直排汉江……中线的水源地能保持圣洁吗？

人们不能不存在疑虑，如果治理速度赶不上污染速度，或是滞后于污染速度，那么“一库清水向北流”的梦想，就有可能化为泡影！

难怪北方人不能不产生这样的担心：南水北调的会不会把污水直接弄到北方来？南水北调会不会变成污水北调？

山河古道，旅途艰险。

人们的怀疑是必要的，担心是必然的。

水污染治理、水环境保护，直接关系到南水北调的成败！当然，相比中线与西线而言，东线工程的治污压力更大。

早在2000年9月27日的国务院南水北调工程座谈会上，时任国务院总理的朱镕基就强调：必须正确认识和处理实施南水北调工程与节水、治理水污染和保护生态环境的关系。并提出务必做到“三先三后”原则——“先节水后调水，先治污后通水，先环保后用水”。

而之后的温家宝总理则强调，“把水污染防治作为重中之重，使南水北调工程成为‘清水走廊’、‘绿色走廊’”。

更有一些权威人士断言：治污成，则南水北调成！治污败，则南水北调败！

东线人努力了

30年前，贫困的中国人求温饱；而30年后的今天，中国人普遍渴望环保。

“一江清水北流”的预期最终能否实现？实际治污进展到底怎样？

东线工程江苏段是利用江苏已有的江水北调工程，并在原工程基础上逐步扩大调水规模，延长输水线路，从长江下游扬州市的江都泵站抽引长江水，利用京杭运河及其平行的河道，为输水干线逐级提水北送。工程主干线进入山东境内的韩庄运河，经台儿庄、万年闸、韩庄三级泵站提水入南四湖，再经湖内航道进入梁济运河、柳长河入东平湖，经东平湖分两路，向黄河以北的山东、天津及河北区输水。

南水北调东线工程输水干线长1156公里，全线共设立13个梯级泵

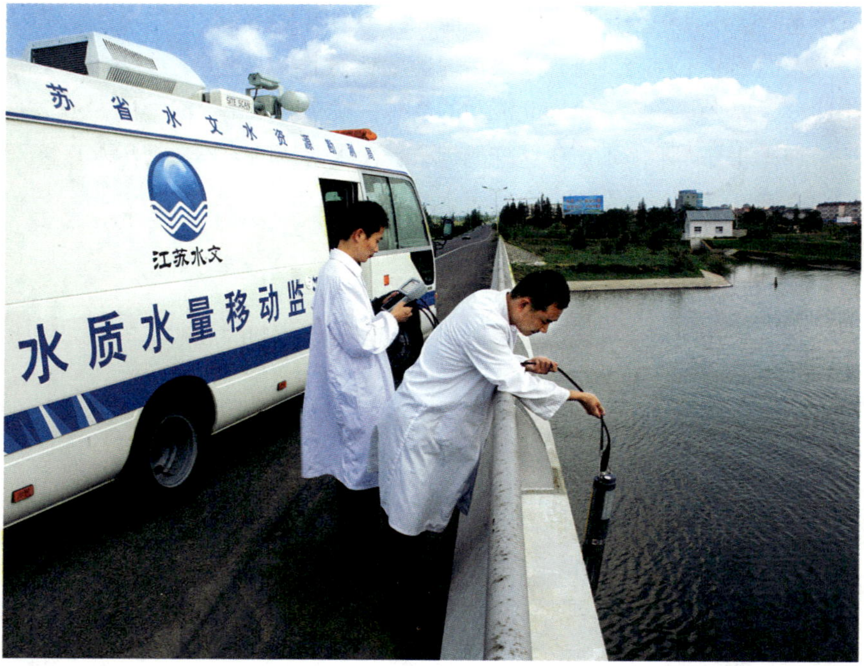

江苏三阳河水质监测

站群。其中，江苏境内 9 级，输水线路总长约 800 公里。据测算，从江都枢纽抽引的长江水，经过 10 天即可送达山东。

尽管长江下游水量丰富，水质较好，为东线调水提供了优越的水源条件，但由于输水干线利用了京杭运河及与其平行的河道，沿途并有担当调蓄功能的洪泽湖、骆马湖、南四湖和东平湖，现有河道与湖泊几乎占了输水渠道的 90%。

另外，山东省省辖淮河流域包括南四湖、沂沭河两个流域，涉及枣庄、济宁、临沂、菏泽、淄博、泰安等几个市的 40 多个县（市、区），流域面积 47000 多平方公里，又是东线工程的主要汇水区域。

开放式的输水干线，河湖贯通的输水形式，使调来的长江之水与沿线的河水、洪水、湖水相互融合，情况复杂，要保证调水水质达到应有标准，无疑有很大难度。

东线治污不仅是整个工程的重要组成部分，而且其成败也就成了整个南水北调工程成败的关键。

有责任，才能有压力。

南水北调工程开工之初，国务院南水北调办就和苏、鲁两省分别签订了《东线治污工作目标责任书》，江苏、山东两省也与境内的下一级政府签订了责任状。

不可否认，从中央到地方，对东线治污都给予了高度的重视。但东线污染隐患多，治污任务特别繁重。

早在“南水北调”东线工程开工前，为打造南水北调清水走廊，扬州市环保部门就制定了周密方案，在江都三江营建立“南水北调”东线源头第一座水质自动监测站。

让人怎么也没想到的是，时隔南水北调东线工程开工典礼刚刚两天，即 2002 年 12 月 29 日，扬州的邵伯湖就发生了养殖史上罕见的悲剧：鱼虾死亡 10 多万斤，损失上百万元，湖区的栖生物如蟹、螺丝、蚬子等均遭到劫难。

这消息一经媒体披露，立刻引起轩然大波，不仅让干渴的北方人忧心忡忡，就连沿线一些政府官员、业内人士和百姓也一片惊诧，对南水北调水质保持心存疑虑和忧患，甚至惴惴不安！

2004 年，国务院在安徽蚌埠召开淮河水污染防治现场会，并与沿淮 4 省签订《淮河流域水污染防治工作目标责任书（2005—2010 年）》。

2005 年，国家环保总局将把淮河治污作为领导干部政绩考核的内容，建立淮河治污工作奖惩和责任追究制度，对治污不力的单位和相关责任人依法惩处。当时，列入《淮河流域水污染防治“十五”计划》的 488 项治污工程已完成 342 项。

与 2004 年相比，2005 年淮河流域总体水环境质量呈好转趋势，淮河干流未发生大的污染事故，沿岸群众饮水安全基本得到保障。

治污，始终是南水北调工程成败的关键。南水北调东线一期工程有 296 个水治污项目：总投资 140 多万元。其中，山东治污项目投资 87 亿元，江苏 49 亿元。

为了不让“一江污水向北流”，针对南水北调沿线造纸等行业排污突出问题，江苏雷厉风行，积极实行“调整、提高、集中、严管”的措施。

淮阴三站

对调水沿线所有新上项目，江苏都实行环保“一票否决”，所有高耗水、高污染的项目一律不得上马。

2004 年，淮河流域江苏境内有 206 家企业通过了清洁生产审核，通过实施各种改造方案，主要污染物平均削减幅度 5% 至 25%；全省共关停 14 家化学制浆造纸生产线。

随后，江苏全面淘汰了石灰法制浆工艺，关停了两万吨以下黄板纸厂，关闭了 5 万吨以下其它化学制浆企业。据统计，不到 4 年时间，江苏就关闭“十五小”和“新五小”企业 156 家，使沿线工业污染比重从“九五”期间的 60%降低到了 45%。

江苏省还提高苏北地区化工行业准入门槛，并将新建项目集中到工业园区，集中处理污染物，同时加快治理老项目，逐步实施搬迁。

到 2006 年底，江苏调水沿线地区新建了 26 座污水处理厂，并根据“污染者付费”的原则，提高了污水处理费征收标准，建立环境资源有偿使用机制。在南水北调东线源头的江都市，还强制安装了远程在线监测仪。被监测的单位是：

列入南水北调治污单位的点源治理企业。

污水处理厂及日排水量 100 吨以上单位。

排放量 30 公斤的污染源单位。

其中，对长江三江营佘板渡口国家级水质自动监测站，则实现水质的实时连续监测和远程监测，及时掌握东线长江流域水体的水质状况。

同时，在苏北宿迁市调水沿线的马陵河、古黄河和古运河等河流，船舶污染的防治也初步控制。

这里需要特别提及的是徐州人的治污努力。

徐州是个重工业城市，煤炭开采至今已有 130 多个年头。计划经济为徐州增添了荣耀，有煤炭、有铁矿，南北东西，铁路通达。别说江苏，就是放眼全国，具有这样优势的城市也屈指可数。

资源总有枯竭的时候。从上世纪 80 年代起，徐州的煤炭产量明显下滑，到本世纪初，上规模的大型煤矿已所剩无几了。没有了资源，经济发展就得转型。可是，这一转型就忙了几十年。

徐州的经济转型是在整个中国大背景之下的。自然对于环境污染问题

运河

的重视，是不可能摆到相当重要位子的。

上世纪 80 年代初，徐州的环境状况非常很糟。

徐州有一条奎河。这是一条人工开凿的泄洪河，已有 400 多年的历史。它源自云龙湖，流经安徽宿州、灵璧、泗县 3 县市，最后在江苏泗洪汇入洪泽湖，全长 180 多公里，却有 136 公里流经安徽，在徐州境内长 25.75 公里。

奎河原本是一条清澈的小河，从上世纪 70 年代末到 80 年代初，河边聚集起一批污染严重的企业，市区部分生活污水也朝奎河排放。很快，奎河就黑了、臭了，蚊蝇成团却寸草不生，成了整个淮河流域最脏的河之一。

据上世纪 80 年代初期统计，徐州每天有 124 家工厂的工业废水、30 万市民的生活污水，累计 8 万余吨排向奎河。奎河氨氮的最高含量超标 80 倍，化学需氧量最高含量超标 125 倍，致癌物亚硝酸盐氮最高含量超标 200 倍。如此惊人的超标在全国亦属罕见。

从那时起，徐州整治奎河行动就开始了，各级主管部门也先后出台了相应的管理措施，但徐州市区的重点污染企业大部分集中在奎河流域，彻底清除需要巨大的财政投入，正经历着“双重转型”的徐州不堪重负。

徐州市痛下决心，提出奎河治理目标：上游市区段水质变清，两岸变美；下游水质达标，完成国家下达的任务。

这无异于“壮士断腕”，所有的污染超标企业一律关停搬迁，不论其经济效益如何。这一举措涉及到几万人的再就业，徐州硬着头皮扛下来了。

1994 年，徐州利用世界银行贷款，投资 1.6 亿，从奥地利引进全套污水处理设备，率先在淮河流域建成了第一座污水处理厂，也是当时全流域规模最大的城市污水处理厂，日处理能力 10 万吨，处理后污水各项指标均达到国家二级排放标准。

1998 年，徐州又投资 4200 万元，对该项目进行扩建，将日处理污水能力提高到 16.5 万吨，保证了当时奎河所有污水能够全部处理达标。

南水北调工程开工，为改善奎河出境断面水质，2002 年徐州又投资 910 万元，对奎河污水处理厂工艺进行再提高。2003 年徐州改革城市基础设施运营机制，采用新模式，由安徽国祯集团斥资 1.6 亿元，获得了奎

美丽县城

河污水处理厂30年的特许经营权，徐州为每吨污水支付0.8元的处理费，为解决与安徽之间的长期矛盾找到了行之有效的办法。

为保证污水处理工程的正常运行，徐州全面开征了污水处理费，并专项用于污水处理厂的建设和运行。

2007年，仅市区就征收污水处理费6000多万元，保证了污水处理厂的正常运行，下游河段水质明显改善。

水质监测显示，2007年，江苏沿线已有7个断面的水质达到三类水，完全可满足饮用、灌溉等需要。

但还有没有达标的断面怎么办？

不甘落后的山东，为确保一江清水向北流，仅全省就确定实施五类治污项目396个，总投资113.26亿元。

早在2001年，山东省就在全国率先行动，关闭调水沿线所有2万吨以下的草浆生产线，即42家造纸企业；

2004年，山东关闭8家5万吨以下造纸草浆生产线，关闭所有5000吨以下酒精生产线；

2005年，山东又关闭一批黄河以南段的造纸、酒精、淀粉生产线，即调水沿线的28家污染企业；并根据造纸、纺织、印染等5个行业特点，颁布实施了高于国标的地方污染物排放标准。

2005年至2006年，山东省共投入72.3亿元，将污染物排放量再削减60%以上，决心实现沿线“有河就有水，有水就有鱼”。

短短三四年的时间，山东段的COD、氨氮排放总量分别下降20.4%和30.7%。

在枣庄薛城区主要纳污河流的大沙河，水中灌木、乔木丛生，河鸥等水鸟嬉戏，入湖口水质达到三类。姚庄村村民石义年深有感触地说：“前些年，河水流出来都是酱油色，浮着白泡。现在河变清了，水里也有鱼了。”

让人欣喜的是，一些企业做出了有益的尝试。“如今环保可不是包袱了。以前处理1吨污水要花27元，现在1吨污水能收益20元！”山东菱花味精有限公司常务副总经理郑文敬说。原来，这个公司的废水经过处理后，高浓度有机废水变成了饲料蛋白、无机肥、脱盐液有机肥，年创收2000多万元，实现了由被动治污到主动污水利用的转变。

一面削减工业污染排放，一面将污水充分“治理、截污、导流、回用”。

改革管理是逼出来的。那几年，苏、鲁两省均加快了城市污水处理的市场化，调整污水处理费，将污水处理厂改制。沿线地市污水处理费每吨提高 0.8 元至 1 元。这样，既解决污水处理厂的运行费用，又缓解了配套管网建设资金的难题。

在京杭运河，苏、鲁两省强制实施船型标准化，淘汰水泥船 4000 艘，拆改挂桨机船 2.4 万艘。江苏段建成 17 座船舶垃圾收集站和 43 座污（油）水回收站，并在苏北沿线主要城市建设水上服务区。山东省出台规定，在京杭运河干线，要求不再规划建设新的码头，并计划搬迁、改造、拆除一批污染严重的码头和作业点，并已建成济宁、枣庄等 5 个垃圾回收转运站及污（油）水回收站。

江苏将江都取水口划为饮用水源保护区，并在输水沿线建设 6 个生态农业示范县。山东开展南四湖人工湿地中试基地建设，已在河流入湖口建设 5000 亩人工湿地，净化水质，对入湖河水再次进行深度净化。

尤为可贵的是，在调水沿线，人们的环保意识在不断增强，政府的治污信心也在不断增强。

苏、鲁两省还每季度开展一次治污专项检查行动，坚决整治违法排污。

堵污源，中线紧锣密鼓

规划，是蓝图，是理想境界。有了蓝图，就有了奋进目标。

按照南水北调工程的总体规划，东线一期工程应该是在 2007 年通水。

而中线一期工程则将于 2010 年全线完成，向北方送水。

在宏观大局面前，东线人治污是快马加鞭，而中线人同样是紧锣密鼓治污。因为，干渴的北方人早就企盼滚滚而来的甘冽长江水了。

面对北方的干渴，中线源头的秦巴山区人岂能无动于衷？

丹江口水库的上游，密布的是高耗水、高污染的黄姜加工企业，直排的废水，已对汉江、丹江等河流水质构成严重威胁。

黄姜生产和加工，是秦巴山区多个市县的支柱产业，他们培育这个产业先后用了 20 年的时间。

渠边巡逻

当初，为了动员老百姓种黄姜，许多乡镇干部走村串户，吃尽了辛苦。种姜鼎盛的时候，不仅农民种，机关干部，下岗工人，甚至商人都种。结果，黄姜种植形成了一条“产业链”，迅速成了地方的支柱产业。

到 2003 年，十堰市农民收入的 11% 来自黄姜产业，个别县市达到了 30%，黄姜已成为十堰市农民脱贫致富的支柱产业。2004 年，十堰市黄姜种植有 50 多万亩，年产鲜姜约 40 万吨，年加工皂素近 2000 吨，种植和加工分别为全国的 36% 和 44%。

然而，随着南水北调中线工程的确定，水质成了南水北调的生命。因黄姜加工污染水质，并直接影响到能否一库清水流向北方。

至此，人们不得不对培育 20 年的黄姜产业产生质疑！这些污染的企业也面临着生死抉择！

治污，十堰人的思路是清晰的。从 2004 年开始，十堰市严格控制黄姜的生产规模，关停了 30 家年产 50 吨以下的黄姜加工厂，使黄姜企业减少了一半，即由 2002 年的 60 家下降到 2005 年的 30 家。

拒批了数十家企业的立项申请：拒批 39 家电镀企业、4 家造纸企业、

25 家五氧化二钒冶炼企业。

先后关闭了丹江铝业公司电解铝第一厂和第二厂，排放了 34 年刺鼻烟尘的烟囱停止了冒烟。两厂的关闭，永远停止了对水库及周边环境的毒害。

郧县是国家级贫困县，几乎没有像样的工业企业，但为确保一库清水，他们果断停产了排污大户郧阳造纸厂，关闭了 7 家污染严重的黄姜企业。

为减少农业对水质造成的污染，丹江口市实施了生态农业工程，促进农业生产和生态环境的良性循环；开展无公害农产品基地建设，支持企业建基地、基地连农户，带动调水区域无公害、绿色和有机食品的发展；全市累计建设沼气池 1.2 万户、省柴炉 8.6 万户，每年可保护 40 万亩森林免遭砍伐。

同时，十堰市还通过环境影响评价，开始从源头上治污，否决了 100 吨以下的 20 多家拟建黄姜企业。

2002 年之前，陕西省黄姜种植走进了“黄金时代”。在皂素价格的带动下，黄姜价格一路飙升，极大地刺激了黄姜种植加工业的发展。

更主要的是，黄姜加工号称“废水之王”。黄姜加工废水顺汉江而下，不仅让沿岸村民难以忍受恶臭，更威胁到南水北调水源地汉江的水质安全。

陕西省常年种植黄姜面积就有 60 万亩左右，占全国的 50%，有 80 余家黄姜企业，加工量占全国的 50%，其中汉江上游地区汉中市就有 38 家，每年排放污水大约 100 多万吨。

因许多企业废水直排汉江，对南水北调中线水源区水质污染十分严重，陕南各市县积极开展黄姜治理的有效探索。

位于豫、鄂、陕 3 省交界的淅川县，是南水北调中线工程的主要水源地、淹没区和渠首所在地，丹江口水库 53% 的水域面积在淅川。

淅川人认为：保护好渠首的生态环境，淅川人责无旁贷！该县先后投入资金 3.5 亿元，采取各种措施，开展水质保护工作。

黄姜一度是淅川富民强县的支柱产业。靠着境内原有 3 家深加工企业的拉动，黄姜兴盛时面积达到 36 万亩。同时，黄姜产业的膨胀，吸引了百余家外地客商纷纷携资到淅川兴建皂素厂。

然而，县里明确表示，宁可不要污染企业，也要保护好丹江口水水源地。县里不仅拒绝了来投资皂素厂的外地客商，还采取财政补贴的办法，引导种植户和原有黄姜企业优化结构，顺利转产。

淅川县拥有丰富的钒土资源，非法小钒窑发展迅速。由于这些小钒窑无序开采，又没有任何环保设施，对矿产资源和生态环境造成严重破坏。2004 年，该县将境内 30 余座小钒矿全部炸毁。

由于利益驱使，一些不法业主将矾土转运至周边县市冶炼。2006 年 6 月，淅川县展开大规模的联合执法行动，迅速出击，在两天时间里炸毁拆除了非法冶炼钒矿企业 37 家。

在控制新污染源的同时，淅川以结构调整为主线，分类施策，先后投入治污资金 7600 万元，建成治污设施 160 台（套），强化废水、废渣治理能力。

2003 年以来，淅川取缔了 13 家污水排放量较大的企业，关停了 52 家

淅川生态致富之路

污染企业。工业废水污染的比重大幅下降，只占全县废水排放总量的1/4。

在2010年之前的3年内，淅川县先后否决了带有污染性质的外商投资项目36个，投资额达24亿元；终止了10个建设项目的前期工作，取缔了20余个违规项目。

“大考”能否过关

时间如白驹过隙。

一转眼，5年过去了。

据介绍，按照治污规划要求，徐州市另外2/3的污水，需经过污水处理厂集中处理后，排入不牢河和房亭河，通过截污工程导入同为淮河支流的新沂河入海。但是，徐州的截污导流工程至此没有完成规划批复，工程还没有实施。

而扬州、淮安和宿迁的截污导流工程规划，同样因意见不一致，至此未批，新的方案也未确定，导致大量污水进入南水北调输水干线。

南四湖的水污染治理同样也存在滞后问题。

全国人大检查组表示，南水北调工程的调水水质正面临着被污染的威胁，这必须引起足够警惕。

检查组通过对河南、安徽两省情况的了解，淮河流域污水处理能力不足的现象比较普遍。如安徽省淮北、亳州、宿州、蚌埠、阜阳、淮南、滁州、六安8个地级城市，污水处理率均只有50%左右。主要原因是资金不足，规划批复较晚，短期内建设资金难到位，地方配套资金不落实。

在此之前的2005年6月17日，国家环保总局副局长汪纪戎率国家5部委调研组，到江苏检查指导南水北调东线治污工程。

江苏省副省长何权汇报说，今年5月，14个考核断面中，10个断面高锰酸盐指数等6项指标达到地表水三类标准，水质达标率为71%。“目前江苏南水北调工程沿线污染物排放总量仍然较高，部分地区超过环境容量；考核断面水质不能持续稳定达到地表水三类标准；偷排、超标排污情况时有发生。”

在国家调研组面前，何权副省长并不隐瞒江苏省南水北调东线治污工

污水处理

作的不足。

此时，在南水北调工程东线，沿线有 30% 的治污项目没有开工，还在“纸上谈兵”；部分城市污水处理厂建成后，也不能满负荷运转。

江苏省建设厅提供了一份污水处理厂建设项目进度表，在这份表上看到，宿迁市惟一的城市污水处理厂扩建工程尚未动工。而当时该厂日处理污水只有 1 万多吨。

经济发达的扬州市邗江区杭集镇，同样没有建城镇污水处理厂。有两位专家曾经多次到南水北调水源地调研，他们向媒体提出强烈呼吁：

杭集的工业和生活污水最终都要进入水源区，如果杭集的污水得不到有效治理，东线水源区势必隐患无穷！

从东线源头江都来说，水质污染的问题同样不容乐观。

江都是一座名副其实的水城，通长江，接运河，里下河地区望不到边的大河小河，纵横交错。

早在1977年2月，江苏就建成了江都水利枢纽，从长江调水供应苏北。于是，便有了江苏境内的江水北调工程，建起9级泵站，实现了长江水往高处流。几十年来，江水北调工程就像苏北平原上的都江堰一样，让这片土地风调雨顺，五谷丰登。

地处苏北的江都与苏南各市相比，算不上富裕，原本的支柱产业化工业，在严格的环保标准限制下，日益萎缩，随之发展起来的是花木和建筑产业。从取水口到长江之间的15公里河道两旁，原本有一大片砖瓦厂、化工厂，还有一座江都的生活垃圾填埋场。此时，这些都被清理干净了。

过了江都再往北，就是高邮湖湖区，高邮湖是江苏第三大湖泊，也是整个东线工程链上水质最好的一个。

东线被认为是施工条件最好的一条线路，就是因为主要利用现有河道作为输水通道，然后用沿途各大湖泊来蓄水，一级一级往北送。只需要疏通河道，建设泵站，就能实现水往高处流。但是，沿途湖泊的水质如何，也就成了东线水质的关键。

太湖蓝藻污染

2007年6月的太湖蓝藻事件，让公众第一次意识到湖泊污染的可怕。

对于南水北调东线工程来说，湖泊的问题不仅仅是一城一省的污染问题，如果无法使沿途湖泊水质达标，整个东线工程将完全报废，不仅毫无调水的作用，还会成为不同地区之间排污纠纷的产生地。

湖泊污染的治理，远非一时一日之功。

“在所有的自然生态系统中，湖泊是最脆弱和最难恢复的系统之一。污染起来很容易，可是想要恢复就非常难，它不像江河，经常流动。”中科院南京地理与湖泊研究所范成新研究员举例说：“日本霞浦湖，面积还不到太湖的1/10，可是日本人花了170多亿还没有治好。到今天，随着中国东南部地区工业经济的高速发展，当地很多湖泊都被污染得不成样子了，要想恢复水质很难，不是一年两年的事情。”

东线因治理污染困境重重，那么中线特别是水源地丹江口的情况怎样？

丹江口市原名均县，古为均州。历史上的均州是一个美丽而富饶的地方，汉江绕城流过，终年千帆竞渡，商贾云集，热闹非凡。30多万亩良田，一马平川，旱涝保收。经国务院批准，1983年撤均县建立丹江口市。

上个世纪50代末，丹江口水库枢纽大坝在这里动工兴建。1967年，丹江口大坝下闸蓄水，在汉江中上游形成了亚洲第一大人工淡水湖——丹江口水库。

在这个工程中，丹江口全市先后动迁移民160448人，其中外迁71875人，市内安置88573人。由于农业发展的核心区域被淹没，库区人均耕地由淹没前的1.12亩下降到0.32亩，人平均口粮由每年432斤下降到222斤，年人均收入由80元下降到35元。

因为建设大坝，当地生态环境遭到了严重破坏。“精壮劳力建丹江，老弱病残砍抬杠，山上山下一扫光。”这是当时在丹江口非常流行的一句话。

在丹江口大坝建设过程中，丹江口市汉江两岸25万亩林木被砍伐了50多万立方米，仅10万建设大军烧柴一项，就使用了30万吨。

如今，要迅速恢复过去那优良生态，岂能是一朝一夕所能完成的？

丹江口的水源来自汉江与丹江。然而，这两条江流域都地处秦巴土石山区，山高坡陡，地形破碎，降雨频繁，长期以来水土流失就很严重，虽

丹江口库区水保护

然国家已开始对这些地方进行水土治理，但是有限的投资，根本无法解决水土流失的严重状况。

从 2003 年起，陕西省就利用国家资金，在陕西南部汉江、丹江流域划出 6 个水土保持的示范区，进行预防保护的工程建设。短短四五年的时间，这些示范区共完成水土流失治理面积 8972.97 平方公里，修建水平梯田 48.27 平方公里，退耕还林 2134.7 平方公里，建设水土保持监测点 4 个，有效地改善了当地生态环境。

但是，由于原本水土流失的面积太大，近几年又遇自然灾害频发，加上陕南市县一级的人力、物力、财力有限，汉江、丹江流域水土流失还是没有得到根本好转，尤其是汉江流域，在秦巴山区青山绿水的掩盖下，部分地区水土流失仍十分惊人。

相关资料显示，从汉江源头宁强县到洋县长达 150 多公里的低山丘陵，地表土质松软裸露，是一处主要的流失区。从南郑县到西乡县长达 180 公里的地带每到汛期，泥沙就大量输送，堵塞河道、淤积塘库。

水土流失，严重破坏了当地水土资源，使得土地砂砾化越来越严重，水源涵养十分困难，汉江水质也遭到污染。

水土流失还增加了河流泥沙，威胁防洪安全。汉江流域的石泉县、安康地区等大部分水库淤积都很严重，如果不尽快遏止水土流失，长此以往，势必会直接影响调水安全。

湖北十堰市30家黄姜企业分布在全市各地。除9家各投资建设了废水处理设施外，其他企业仅进行简单的中和处理，废水中COD含量高达每升3万毫克以上。即使是建了废水处理设施的企业，废水处理效果也比较差，出水中COD的含量仍高达每升1000毫克，超过国家规定的一级排放标准10倍。

中线工程的当务之急，就是加强水源区保护。

寨怀沟村是丹江口水库边上的一个村，村民们响应国家支持南水北调工程的号召，为了保护生态和水质，山坡地实施了退耕还林，村民们“靠水吃水”，大多转向以网箱养鱼为生。

然而，从2005年3月17日至7月25日，寨怀沟村连续发生4次网箱养鱼大批死亡事件，给当地渔民造成了严重经济损失。

2006年7月1日至3日，一场暴雨过后，6公里长的泗河内黑红色的污染物再次涌向丹江口水库。泗河寨怀沟村剩余的网箱及郧县青山镇共1500多箱鱼，全部遭受了灭顶之灾，泗河内漂满了一层白白的鱼虾。

这次污染，共造成直接经济损失1500多万元。

死鱼事件发生后，丹江口市环保等部门赶到现场取样化验，进行专家“会诊”。

丹江口市疾控中心也对遭到污染的河水进行了检测，发现该水域锰、耗氧量、菌落总数和大肠菌群均超标。同时，还显示水中含有硝酸盐氮、氨氮、亚硝酸盐氮，水体污染严重。

专家经过综合分析后认为，水体污染的主要原因：上游工业废水集中排放！

几年来，泗河上游茅箭区和白浪高新区境内入驻了不少工业企业，尤其是黄姜加工厂和制药厂。其工业废水和居民生活污水，都直接流入了泗河上游的两条支流——马家河和茅塔河。一遇大雨，这两条河里的污染物，就顺着河流流向了泗河，最终流到南水北调中线调水源头丹江口水库。

村民张光成家的65个网箱损失8万多元。家里没有田地，生活全靠

死鱼事件

两个小孩在外打工，每个月往家里寄 200 元钱来维持。张光成一脸茫然地说："鱼不能养了，现在都不知道自己该做什么。"

在泗河的支流钱家河边，郧县青山镇钱家河村二组村民陈中英说："猫狗本来最喜欢吃鱼，可现在从河里捕到的鱼，它们闻一闻就走了，根本就不吃。自己捕了一辈子鱼，还是第一次遇到这种情况。"

更可怕的是，村民的身体健康受到了严重威胁。村民张光兵说，从 2004 年开始，一到夏天，自己只要赤脚在河边劳作几天，脚就会浮肿腐烂，烂得走不了路，"不知道这河里现在都有什么有毒的东西，连人也都受不了。"

寨怀沟村二组村民左启林说，这两年村里患肝病的人不知为何骤然增多，前年就因肝病死了 6 人，去年又因为肝癌死了 1 人，最小的年仅 32 岁。二组现有 110 多人，现在又有 6 人检查出得了肝病。

泗河虽然流量不太大，污染却是如此地严重。作为南水北调水源区的十堰市尚有许多污染隐患，可见污染治理，任重道远。

还有，作为一条河流，汉江的自然属性正面临着即将消磨殆尽的局面。

从陕西西南部出发，至汉口汇入长江，汉江一路踉跄前行，磕磕绊绊，一堵堵水坝，将她的脉络生生截断，割据为一个个人工湖。初步统计，包括各支流在内的整个汉江流域，建起的水坝数量已近千座。

其中截至 2006 年 6 月，陕西安康所在的汉江支流便已建成小水电站近 400 个。2007 年，安康市水利局称，全市水电开发率已达到 92%。

和岷江等其他长江支流一样，汉江上游的水电开发，已经深入到她的毛细血管！

有专家表示，近千座的小水电站，将汉江支流沟渠化、湖泊化，减弱其环境容量，带来诸多生态问题。而支流的烦恼，最终也将汇入汉江干流。

如此而言，无论是东线还是中线，何时能送出合格的答卷？

第三章

勇于争先的江苏

以国重任为己任，历来是江苏人的使命。

南水北调治理污染不过关，让江苏上下如坐针毡，让江苏人的“国家使命感”倍增。

运河源头碧水流

在中国，或许没有任何一座城市能像扬州这样，会与京杭大运河如此地紧密相连，休戚相关。

“筑邗城，开邗沟”。人们无法想像，2500 年前，吴王夫差那场声势浩大的的壮举，那一片举锸如云的场面。尽管隋炀帝杨广把它发扬光大成隋唐运河的一部分，后来京杭大运河的大浪淹没了邗沟风采。但，一座城与一条河，始终在煌煌中国文明史上，共同书写着灿烂篇章。

千百年来，这条河上舟来楫往，帆影摇曳，铸就了这座城的几度繁华。数不尽的历史遗迹、文化景观、民俗风情，布满了这条大河和她的两岸，成为大运河馈赠给扬州的宝贵财富。

可以说，扬州与古运河的一直情缘悠悠，难分难解。甚至有专家称，京杭大运河扬州段，就是“活着的遗迹”。

汴水流，泗水流，流到瓜洲古渡头。如果你有闲走进这座古城，古人的诗情会不时地激荡起你的雅兴。

自唐开始，先后共计 183 位文人雅士聚焦扬州，林林总总留下近千首诗词。

富有意味的是，1978 年 5 月 30 日，国务院南水北调审查组一行 130 人，到江都视察三江营河口、通扬运河和三阳河，后从扬州出发，沿运河考察南水北调工程的可行性。这是南水北调工程最早最大一次规模的可行性调查。

如今，大运河再做新贡献，成了南水北调东线的龙头和水源。

源头江都的水质如何，是打造南水北调东线“清水走廊”的第一关键。

江苏人理性务实、外柔内刚，执行中央方针雷厉风行。南水北调工程开工之初，江苏省就与源头的扬州市签订目标责任状，并进行层层分解，宝应、高邮、江都等地均制定了建设、治污方案；推行“河长负责制”，对影响南水北调的重点河流，明确由县（市、区）政府一把手任“河长”。

2007年12月，江苏上马了总投资8120万元的江都截污导流工程，利用提升泵站和压力管道，将江都污水处理厂达标排放的尾水调出，改善输水干河三阳河段的水质和沿线水环境。

工程运行3年多来，三阳河、通扬运河等主要污染物的浓度和相关标准指数，均呈下降趋势，水质得到改善。

扬州水上游

江都西闸和高邮北澄子河，是国家环保部在扬州确定的两大水体水质监测断面。在治污过程中，难度最大的是高邮北澄子河。2006 年，这里水质每 4 天仍有 3 天不达标。于是，扬州市对该断面实行挂牌督办。

在高邮市龙虬镇的南角村、朱家村和周巷镇薛南村之间，共有 3 处荡滩，位于京杭大运河和三阳河之间，是原高邮造纸厂的一个排污场。

高邮造纸厂创建于 1957 年，是以麦草为原料，采用传统落后工艺的烧碱法制浆，产生大量难以处置的废水，经过多年积累，形成了偌大的“黑液塘”，总面积近千亩，直到 1999 年底才被关闭。

高邮“黑液塘”，是一部惨痛的“生态教科书”。

江苏铁腕治污行动实施后，高邮市通过公开招标，网罗全球各地能人，采用“分塘并塘”、“自然蒸发”、“生化处置”的方法，来进行治理，先后历时 10 年时间，才彻底清除了这枚“生态炸弹”，使得滚滚黑液变成了汩汩清流。

在扬州境内的大运河，“南水北调”主要输水通道有 100 多公里，途经几十个乡镇。运河两岸湖泊交错，各类水产畜禽养殖场星罗棋布，农副产品基地绵延数里。建设好绿色输水通道，是保护水质的重要环节。

扬州瘦西湖

扬州为此划定了19个水资源功能保护区，并立牌保护。范围涵盖南水北调东线取水区、输水干线和支流水体，包括80多公里的长江北岸扬州段，33公里的夹江，144公里的京杭大运河段，还有与干流水道相通构成的河流、湖泊水网。

扬州市还启动了南水北调沿线绿化工程，采用国际上流行的生态绿化手法，为工程输水提供清洁水源，打造调水工程“清水走廊”。现在人们看到，在整个工程沿线的两侧，“景观走廊”已初具雏形。其中，三阳河潼河宝应站的绿化工程长达45公里多。

2006年3月，扬州市设立了国家级生态功能保护区。初步规划，东线水源保护区及外围控制总面积有3726平方公里，其中核心区256平方公里，在核心区内停止一切严重污染项目建设。

在此过程中，扬州市依法取缔了水源保护区内的污染源。

保护水源，就是在源头全覆盖。

在扬州泰安镇，有一个坐落在凤凰岛景区的金湾村，是一个涉及到东线水源的村，村里除了旅游资源，还有一件宝：黏土。

“砖窑经济”一直是金湾村的支柱产业，每年给村组带来50万元收入。

村支书说：“为了环境保护，我们果断关闭砖窑厂，村集体虽然损失了一大笔收入，但保护了植被，拒绝了‘冒黑烟’经济。”

泰安镇的“七河八岛”地形，都在南水北调东线取水源头保护区内。像金湾村的苦恼，在泰安镇还有至少10个村。

镇长陆云峰感叹说：“为了追赶别人，我们做梦都想上大项目，但如果项目跨不过绿色门槛，投资再大都一票否决。”

2009年，他们花了很大精力谈了一条投资2亿元的喷砂生产线，最后卡在环保门槛上。惠通化纤有限公司应税销售占全镇相当份额，但投产仅两年，就因为污染水质被停产。

近6年，泰安镇陆续关闭了全部砖窑、机械、化工企业，种植上千亩意杨林。这里还出台生态管理措施，对林木保护、污染源巡查、镇容村貌改善，都作出了严格规定。

来自扬州市环保部门的最新监测数据显示，这几年，泰安镇始终保持了一级空气、二类水质的良好纪录。在为一江清水向北流作贡献的同时，泰安人也为自己赢来了碧水蓝天。

2011 年 10 月，金湾河畔，一个钢材物流园已全面竣工。这是泰安镇引进 3 亿元民资开发的一个新项目。这里原为勤俭村砖瓦厂，通过停产关闭和生态修复，将 100 亩土地平整，借助金湾河南来北往水上枢纽优势，打造年销售额过 10 亿元的钢材物流园。同时，泰安还对现有企业提质增效，引导华铁、万福压容等企业建立院士、博士工作站，实现“零耗地招商”、“零增地技改”。

在“农业、生态、旅游”结合点上下功夫，发展生态旅游和现代农业，这已成为泰安全镇的共识。现在，泰安旅游产业正由“特色”向“主导”转变。

如今，泰安以特色农产品生产为抓手，青壳草鸡蛋、咸秧草、桑椹酒、葡萄等产业，分别成了 10 个村的发展重点，努力谋求致富一方百姓。近 4 年，当地农民人均纯收入增速位居全市前列。

“生态优先、绿色发展”。这是东线源头江都秉持的发展理念。

如何绿色发展？如何进一步保护源头？

江都首先就是不断调整、优化产业结构。在招商引资上，严把项目审批关。

对制革、化工、印染、电镀、酿造等重污染行业项目，坚决实行“一票否决”。

2011 年，某化工企业计划在江都沿江开发区投资 1.2 亿元，建设炼油类项目。专家评审发现，由于该项目基础油采用白土精制，工艺比较落后，产生的大量粉尘，将对周边环境造成粉尘污染。于是，沿江开发区断然将其拒之门外。

设置“绿色门槛”，宁可牺牲眼前利益，也要保障长远发展。

近 5 年来，江都累计否决钛白粉、炼油、油漆等项目 68 个，涉及投资额 80 多亿元；开展环境综合整治，化工项目只减不增；先后实施 49 项重点减排项目，淘汰落后产能 1350 台（套），实施技术改造项目上百个，关闭重点污染和“五小”企业 256 家。

早在 2005 年，江都市就提出建设滨江园林生态城市，“江河湖一水贯通，古水绿一体和谐”，成了这座城市的个性和特色追求。

从 2007 年开始，江都实现了当年新增治污能力超过排污增量，境内的两条输水通道河流水质，多年来一直稳定在国家地面水二三类标准，饮用水水源水质达标率则一直保持 100%。

在城区新通扬运河两岸，每天都有不少钓鱼爱好者在此垂钓。碧波清水的背后，是江都这些年来不断加大环保投入的结果。

如今，站在江都的“母亲河”通扬运河沿岸，沿线人家原先排往河中的下水管道被堵死了，改排入污水处理厂。

和南水北调输水河道相连的芒稻河边，原有一个可使用 30 年、面积达 130 亩的原城市生活垃圾填埋场。在被确定为南水北调东线源头后，江都市新建了垃圾填埋场。

那么已经使用了 15 年的老垃圾场怎么办?

这是一道艰难的选择题。如果选择搬迁，政府将耗费巨资；如不搬迁则能省下费用，但“一江清水”无法保证。责任面前，江都没有犹豫，毅然选择了前者。

结果，老垃圾场无害化处理后，面貌一新，成为一片生态绿地。

那么污水处理设施建好了，如何才能保证其正常运转呢?

封场复绿的垃圾填埋场

江都水利枢纽

在江都环保局，工作人员盯着电脑，通过远程监控，“一网打尽”，辖区内大大小小的污水处理厂运转情况，都一目了然。

江都积极引入市场化运作机制，投资近 6 亿元，推进生活污水处理基础设施，共建设各种生活污水处理厂 43 座，日处理能力 10 多万吨，实现了城区集镇中心村污水处理全覆盖。

郑扣银，是江都区樊川镇的退休人员，他现在的头衔却是“环境设备工程有限公司经理”。他负责集镇上 3 座生态型污水处理厂的行政管理工作，他参与经营管理的生态污水处理厂在郭村镇还有 3 座。

作为示范带动的配套，江都市还融资 5.3 亿元，实施全市所有农村河道的疏浚整治，成片造林 3 万亩。

仅 2010 年，江都市的环保投入就超亿元，一年干了三年的事，农村环境综合整治更成为全省的样板。

江都纳入国家南水北调东线工程治污规划的项目，共有 4 大类 16 项。

截至 2011 年底，江都已累计完成投资 4 亿元，顺利完成了国家南水北调东线规划确定的治污工程。

水是流动的，空气是流动的。

扬州人懂得，要保护“一江清水北上”，仅保证水源地的环境质量还不够，还要城乡一起联动，保证调水沿线不受污染。

从 2006 年开始，扬州把重点放在了 71 个涉农乡镇上，实现城乡的“四覆盖”。即：

污水处理设施全覆盖。

垃圾处理设施全覆盖。

长效管护队伍全覆盖。

医疗废弃物处理全覆盖。

这一美好城乡建设行动，让扬州新农村面貌为之一新，“垃圾靠风刮、污水靠蒸发”的历史，一去不复返。

一棵树好栽，而一片森林则不易培育。

“十一五”以来，扬州市累计投入 20 多亿元，造林 81 万亩，其中成片造林 51 万亩。目前，全市森林覆盖面积已达 13.9 万公顷，森林覆盖率达 19.3%。

泰州凤城河三水湾

这10年的色彩，是喷洒在天空中的蓝色。

10多年来，扬州无声的数据就像简谱一样，传递扬州人对生态文明的咏叹。

绿化工程。

碧水工程。

蓝天工程。

一系列生态工程的实施，不仅为南水北调东线源头提供清水保证，还换来扬州百姓会心甜蜜的微笑。

近5年来，在引进外来资本、外来技术的过程中，扬州共退批项目200多个。这些项目，要么不合国家产业政策，要么就是在源头的选址不合理，或者就是污染比较严重的。

在南水北调源头扬州段，为了实时监测水质，江苏省水环境监测中心设置了7个水质监测站点。

2011年1月至今，每月对长江沿岸、大运河沿线各监测站点，都进行了若干次监测、分析。

结果表明，东线源头扬州段水质始终稳定在二三类区间，完全符合供水水质要求，居民饮用水集中式水源地水质达标率100%。

绿色机关、绿色学校、绿色医院、绿色社区……在扬州越来越多的涌现出来。

“运河之都”的智举

提起淮安，人们自然会想起韩信，想起梁红玉，想起吴承恩，想起关天培，想起周恩来……一连串闪光的名字，一个个名人、佳人、伟人，耳熟能详，难以忘怀。

水是文明的载体，淮安始终与水联系在一起。历史上的淮安，因淮河而得名，因淮水而得利。

古城淮安（原名淮阴），是南水北调东线扬州向北送水的必经之地。

淮安，地处苏北腹地，南连长江，北通黄河，东临黄海，史籍中称其为“居天下之中”、“扼漕运之中”。京杭运河、废黄河、盐河、淮河干流在境内纵贯横穿，襟带洪泽湖、白马湖、高宝湖等河湖水域。

在历史上，淮安从来就是个“江海通津”之地。从江淮流域最早的原始文化遗存——青莲岗文化的考古发掘中，发现在耕作层以下2米处有大量黄沙，沙中伴有贝壳、木块等物，表明7000年前此处是紧靠大海的沙堤。

据《史记》载，淮安在夏朝即有“陆则资车，水则资舟”之便。

对淮安影响最大的，莫过于大运河的开凿。公元前486年，吴王夫差为了争霸中原，开凿古邗沟，沟通江淮。长江流域的军旅乘船北上，到淮安下船后上车马；黄河流域的军旅乘车马南下，到淮安下车马后上船，“南船北马”汇聚淮安的局面开始形成。

隋炀帝开凿贯通南北的大运河，沟通了中国南北5大水系，而淮安由于地处南北，成为漕运的重要孔道。淮安在隋唐时期曾繁华一时，特别是商品贸易在唐代十分兴旺，吸引了包括大食、日本、新罗等国的海内外商人，到了夜晚，“千灯夜市喧”，“酒酣夜别淮阴市，月照高楼一曲歌。”淮安逐渐发展成为运河沿线的一座名城，有着“淮水东南第一州”的美誉。

在清江浦的里运河畔“南船北马，舍舟登陆”的那块石碑，似乎镌刻着淮安这座古城与水的辉煌。

淮河入海水道

和淮阴侯韩信的命运比较相似，淮安的命运也是“败也黄河，成也黄河”。公元 1194 年，黄河从阳武决口夺淮，从此淮安水患不断，一度流传“倒了高家堰(洪泽湖大堤)，淮扬二府不见面”的民谣。高筑的“镇淮楼”，虽有借此“震慑淮水，保一方安澜”之梦，但是洪水依然凶猛惨烈。由此，淮安漕运受阻，日显衰败。

潮起潮落，岁月轮回。明朝嘉靖之后，黄河再次改道并裁弯取直，又使得京杭大运河南北航运贯通。

公元 15 世纪至 19 世纪中叶，淮安迎来历史上持续 400 多年的第二次繁荣，元、明、清三代的京杭大运河上漕运总督府，就设在了这里。鼎盛时的淮安，竟然与扬州、苏州、杭州并称运河沿线的“四大都市”。

因水利而盛，又以总漕、总河驻节淮安和清江浦的兴起为标志，明永乐年间，陈瑄驻节淮安，总督漕运，利用宋代开挖的沙河故道，在淮安开凿了 20 公里的里运河，引淮安城西管家湖的湖水入淮，从而孕育出了大运河沿线的“清江浦”。设在淮安的漕运总督府，每年指挥整个运河上的 12 万漕军，从江南的各个省府道集中 400 万担漕粮，通过运河，浩浩荡荡的运向北京……

漕运总督之所，商贾云集之地，盛极一时。

淮安的文明与兴盛，与水有着深厚的历史渊源。

“震慑淮水”的镇淮楼，诉说着一个古老民族“保一方安澜”的希冀；漕运总督府的历史遗迹，记载了一段古老帝国的繁盛梦想。

作为一座因水得名、因水而兴的城市，它的每一次辉煌，都与水利有着难以割舍的纽带联系。

作为“南船北马、九省通衢”的淮安，对于国家南北大动脉，治水地位的重要，自然是不言而喻的。

在当地曾有这样的说法：全国水利看江苏，江苏水利看淮安。诚然，这种说法虽非确切，但却反映出水利对于淮安这座城市的独特魅力。从淮安的治淮展示馆中，我们可以看到一代代水利人的足迹。

淮安全市 80% 的土地面积处在设计洪水位线以下，极易发生洪涝灾害。尤其是洪泽湖要承接淮河上中游 15.8 平方公里的来水，经淮河入江水道、淮沭河、苏北灌溉总渠等流域性河道，入江入海，历史上素有“洪水走廊”之称。

作为“洪水走廊”，处于淮河下流，淮安人几乎吃尽了水环境污染的苦头。治污是整治环境，也是创造发展机遇！淮安人岂能落后他人？

面对南水北调，淮安毫不犹豫，坚决服从国家大局。从市区污染的根治，到河湖湿地的恢复，到东线调水涉及的截污导流工程，他们都认真梳妆，精心雕琢。

在南水北调东线工程的大局面前，淮安人丝毫不含糊，而是以饱满的热情，一丝不苟的科学态度，治污保水。

南水北调东线一期工程，既有穿越淮安沿线的10多个送水建设工程，还涉及到市区里运河、清安河等诸多的治污区域。

在淮安人的记忆中，过去的里运河，就像是个蓬头垢面的“丑媳妇”。沿河两岸，厂区密布林立，违章搭建随处可见，各种污水直接排入河中；河堤杂草丛生，崎岖不平；河面漂浮着枯木衰草和白色塑料袋，垃圾成堆，水葫芦疯长，河水浑黑一片，不堪入目。走近河边，恶臭阵阵，路人只能掩鼻而过。

水，对淮安人有着特殊情缘，大运河也是淮安人的母亲河。70后的

排污口恶臭阵阵

杜长春家住淮安市淮安区，那几年，她最大的愿望就是盼着大运河变清。

杜长春就出生在大运河畔。她记得，小时候她经常在运河里捞鱼，还和伙伴们戏水，可等她逐渐长大后，河上船只越来越密集，河水也越来越脏，鱼儿开始绝迹，难闻的运河水，常常让她望而生畏。

什么时候，大运河才能回到梦中的童年呢？

为了这个梦想，杜长春辗转调到了市环保局污染防治处。她想通过自己的努力，来改变这条生她养她的母亲河的现状，实现她和乡亲们的渴望。

她认为："不能只为了追求 GDP，就牺牲老百姓的生活质量！"

同在运河边长大的市民杨军则感慨地说："我小时候，里运河水清冽甘甜，家里吃的水都是到运河里挑水回家的，我和邻居们到河里抓小鱼。可现在的河里水臭哄哄的，哪个敢用？"

里运河水质不断下降的原因，严重的化工污染是第一大罪魁。

淮安人曾经引以自豪的母亲河，竟然成了沉重的市容负担。里运河非整治不可了！

说干就干，随即一场大规模整治里运河的序幕拉开：

拆除了沿线码头 100 多座；

搬迁了沿岸低矮民房 10 多平方米；

清理河道内所有废弃船舶；

清理淤泥 140 多万方；

15 万吨、10 万吨污水处理厂相继建成使用；

铺设沿里运河和大运河截污干管 22 多公里；

……

人心齐，泰山移。为了保证南水北调的一泓清水，淮安的老百姓通情达理，尽量不给政府添烦恼，而政府也想方设法做到人性化。

走进如今的淮安市区，展现在人们面前的是一幅美丽的"清明上河图"：经过整治的里运河，河水碧波荡漾，两岸垂柳依依，绿草如茵，鸟鸣蝶舞。徜徉其间，你会发现，闲庭漫步的游人，聚精会神的钓者……奇特的水乡美景，尽收眼底。特别是华灯初放时，行径在依水而建的休闲走道、亭台之间，远眺近观，里运河两岸，流光溢彩，绵延数里，分外迷人。

淮安的水污染整治是持续的，全面的。

2006年2月，淮安市区的二河、古黄河曾不同程度地暴发了藻类现象，这不仅影响到80多万市民的唯一饮用水源，还会影响到了南水北调水质的安全。

市政府组织有关部门全面清查，终于发现了污染水源。原来，祸根重重：

沿岸500多户居民的各类垃圾、废弃物，随意倾倒河中；

二河水域分布着560多亩水产集中养殖区，饲料、排泄物造成水体的富营养化；

二河、古黄河沿岸码头在不断增加，航行船舶越来越多，油废水等污染物的排放不断增加；

一直以来，古黄河沿岸8个排水口向其排放城市生活污水；

二河沿岸部分企业不能做到达标排放，与二河连通的张福河水受到沿岸7家盐化工企业的污染，水质恶化趋势明显。

针对这一严峻形势，淮安市决定采取铁的措施，对污染源进行全面整治。

在先后两年的整治中，淮安市搬迁了沿蛇家坝干渠的所有牛棚、猪圈、厕所，清理干渠河道内垃圾和淤泥5000多方，并加大活水流量，净化干渠水质。

清理了古黄河取水口百米范围内的渔网、虾笼，搬迁了古黄河北岸11户养殖户，封堵了2家企业的排污口，共拆除网箱1300多个，清理围网养殖560多亩。

在二河闸至张福河口附近水面，设置永久性断航设施，全面禁航，拆除36座码头，21座码头的经营场地被收回。实施古黄河南岸截污工程，关闭城市生活污水和二河沿岸5家企业的排污口，对7家面粉企业实行专人驻厂监管。

白马湖地处市区南部，面积约150平方公里，独立于洪泽湖和京杭运河水系，大部分湖面在淮安市境内，是南水北调东线输水干线上的重要湖泊，也是淮安市区第二饮用水源地。

白马湖养殖业高度发达，网箱密度高，特别是白马湖西侧来自洪泽县城的污水，让人担忧。

淮安四站

为保护白马湖水质，避免产生新的污染源，2010 年 2 月，在宁连公路一侧，淮安市将洪泽县城市污水处理厂的尾水，再经过人工湿地、稳定塘等，对其“生物—生态”的技术处理，即将城市的尾水，投配到土地上，通过一系列工程净化污染物，使其尾水水质符合农田灌溉，符合入海水道标准，东下入海。这项技术实施后，使得白马湖水质常年达到三类水标准。

在淮安市，提高污染企业准入门槛，或迁出运河岸边，通过污水处理厂收集废水的成功例子，也不胜枚举。与关闭企业不同，让污染企业搬迁，需要更多的耐心和更加周全的考虑。

走进淮安市 18 号工业园区，淮安市净水剂厂厂长姚军笑得格外爽朗。这家 150 多人的小厂，是当地有名的民营企业，里运河污染整治，它被列为搬迁企业之一。姚军说，他的工厂是生产聚合氯化铝的，主要用于自来水的净化以及工业污水的处理，以前厂子规模小，年生产能力在 15000 吨左右，产品供不应求，但厂子在里运河边，想发展也没有空间。

姚军还高兴地说："南水北调治污工程给了我们一个千载难逢的机遇，加上厂子对运河水确实也有污染，我们一切服从大局，说搬就搬，政府部门积极协调，加快了安置步伐，最大程度地降低了企业的生产损失。从东边搬到西边，厂区规模由原来的3000平方米扩大到6000平方米，生产能力扩大了两倍，新厂区所排污水直接进入了污水处理厂。目前，企业效益非常好，走上了良性发展之路。"

姚军的感激之情，透露出了他对南水北调淮安治污工程机制的充分肯定。

"河长制"，是淮安人治污的一把利剑。2009年6月，淮安市学习苏南人的治污经验，果断作出了全面建立"河长制"的决定。市委书记、市长任"河长制"管理工作领导小组组长、副组长，下设办公室、工作巡查组、水质监测组、督查考核组。

"河长"是其所负责河道的第一责任人，无论是水生态、水环境持续改善，还是调水断面的水质是否达标，他都要对其所负责河道承担第一责任。

在淮安，无论是市委书记、市长，还是区县（市）领导，每人都要负责一条河的环境治理和保护。

这种方法被层层效仿，大大促进了全市的环境污染整治工作。

淮安市水利局局长黄克清就担任两条河的"河长"。黄克清对我们说："刚开始实行'河长制'的时候，我经常接到领导和市民的电话，说是某某河道有漂浮物，某某河沟有异味，通过综合整治，这两年这样的电话少多了。"

就在我们站立"南船北马，舍舟登陆"的那块石碑桥头，只见一条独木小船从远处的河心，由北往南缓缓游来。

春风荡漾，小舟摇摆，沿岸的丝丝杨柳，倒映在清澈透明的河水之中，别有一番诗情画意。起初，我还以为是游览的观光船，待到靠近，这才发现，原来这船上与别处见到的却不一样。这船的一边有一个容器，船上两位女船工穿的不是俏丽的服饰，而是黄色的救生衣，手里还拿着打捞的器械。

黄克清还告诉我们："我们淮安不仅实行'河长制'，乡村河道还招聘保洁工，现在全市农村共有河道保洁工1500多人。他们每月有两千多

淮阴二站

元的工资，还配给清洁船和工具。”

让淮安的每一条河道清澈！这是淮安人的心声，这是淮安人铿锵的誓言。

在加大水环境整治中，淮安让城市的河道景色美化了，农村水环境的明显改善了。走进现在的淮安，无论是在城市还是乡村，几乎所有的河道则都实现了：“河畅、水清、岸绿、景美”。

令人钦佩的是，淮安人不仅在治理环境上“妙笔生花”，而且重拳出击危害水环境的犯罪行为。

2009 年 2 月中下旬，淮安市区饮用水出现异味，一度引起了市民的恐慌。

后经洪泽县人民检察院举证指控，污染源为洪泽日辉助剂有限公司。原来，这家公司的主要负责人袁国来、戈建东、肖志东是污染事件的幕后黑手。他们曾多次出资，安排个体老板张百鸣、张百平等人，将有毒有机污染物的工业废水，故意排放到苏北灌溉总渠，因而造成水体重大污染。

同年，2 月 19 日 10 时至 20 日 22 时，淮阴抽水站从已被污染的苏北灌溉总渠抽水 1500 万立方米。这些水，后来被淮安市北京路水厂和城南水厂取走，进入淮安市自来水管网。

此案发生在 2009 年春节后不久，淮安全市近一周时间无法正常用水，给全市的生产生活造成了严重影响，给自来水公司造成直接经济损失 48 万多元。

经司法调查取证，个本老板张百鸣、张百平为感谢袁国来、戈建东给他们提供的“生意”，分别给予袁国来、戈建东 6.1 万元和 5.61 万元的回扣。

2010 年 1 月，江苏省洪泽县人民法院一审以重大环境污染事故罪，对相关企业和事故责任人给予严厉处罚：

判处污染事故责任方洪泽日辉助剂有限公司罚金 100 万元，并赔偿淮安自来水有限公司人民币 35 万多元；

以重大环境污染事故罪、非国家工作人员受贿罪，分别判处责任人袁国来、戈建东有期徒刑 29 个月和 22 个月；

以重大环境污染事故罪，分别判处肖志东等 6 名被告人 1 年至 9 个月不等的有期徒刑。其中 3 人执行缓刑。

江都水利枢纽

另外，并处 8 名被告人 2 万元至 15 万元不等的罚金。

对于被告单位及 8 名被告人的违法所得，人民法院则予以没收，上缴国库。

随后，二审法院驳回原告上诉。此案判决正式生效，判处的附带民事赔偿和罚金一并执行。

对于这起水污染事件，人民法院既对犯罪分子判处有期徒刑，又对犯罪单位和个人判处附带民事赔偿及罚金，具有很强的法律警示作用。

淮安治污，只是南水北调沿线地方政府思想转变的一个缩影。

对南水北调治污工程项目的深刻理解，持续治理，构筑起了淮安市水环境的安全屏障。至 2012 年底，淮安境内地表水已基本达到功能区标准，国控和省控的断面水质全部达标。

运河沿线水质的改善，还带动淮安的旅游产业，带来了台资集聚的新高地，让“运河之都”重放水彩……

站在立交淮河水道和京杭大运河长廊上，一望无际的绿色原野，纵横交错的水乡河网，连接江河湖海的水利建筑群，穿梭繁忙的货船港口……

顿时令人目不暇接，浮想联翩。

南水北调，仿佛为淮安注入了无限地生机与活力，让她正在续写“壮丽东南第一州”的历史辉煌。

水绿宿迁的奥妙

“烟波水世界，绿色梦田园”。

这是一位外地学者来到宿迁后的由衷赞叹。

在江苏，宿迁是一个年轻的地级市，经济重量在全省偏低，但让宿迁人引以为自豪的是，宿迁拥有江苏独一无二的广阔水面，境内有“两湖”（洪泽湖和骆马湖）、“两河”（古黄河、运河）。

以水为网，网罗万千气象；以水为媒，通达四面八方。骆马湖是镶嵌在广袤苏北大平原上的一颗明珠，位于宿迁市西北部，总面积 375 平方公里，为江苏省 4 大淡水湖之一。洪泽湖 2/3 水面在宿迁境内。京杭大运河纵贯全境，沂、淮、泗、沭、睢，诸水通达，古黄河、六塘河、民便河，河网纵横。丰富的水资源，便捷的航道，使宿迁成为南北交通的枢纽。

宿迁总面积 8555 平方公里，而水面就达 2367 平方公里，占全市总面积的近 1/3，是一个典型的江北水乡泽国。

宿迁污古黄河

现代宿迁人以水为脉，以绿为魂，倾心打造绿色生态城市。

而历史上的宿迁，却是个深受水害的地方。

宿迁地区自古为众水所聚。隋唐时期，宿迁境内水流纵横，来自桐柏山的淮河，来自沂蒙山西麓的泗水，自沂蒙山东麓的沂水、沭水，来自鸿沟水系的汴水、濉水……但诸水依次入淮，东流入海，安然无恙。

然而，一场空前的灾难，让宿迁大地人间巨变。

宋代黄河大决口之后，黄河裹挟着大量泥沙奔突恣肆，所到之处，荡然无存。鲁西南、豫东、皖北和苏北成了一片汪洋，20 多万人被淹死，100 多万人死于饥馑，1000 多万人流离失所！

在鲁西南、豫东、皖北和苏北一带聚集的黄河之水，四下奔突寻找出路，最终挤入泗水、淮水，抢占了入海通道，史称“夺泗入淮”。夺泗入淮是非常重大的历史事件，在 700 多年的漫长岁月里，徐州以下的泗水和淮阴以下的淮河都被称为黄河，直到若干年之后，黄河再次改道北上。

黄河“夺泗入淮”，让原本清澈流畅的泗、汴、濉、颍、涡诸水，要么不复存在，要么面目全非；原有的众多湖泊消失，留下的洪泽湖和骆马湖，犹如万丈悬崖一般，时刻有崩溃的危险，令人提心吊胆。

黄河“夺泗入淮”给宿迁人民造成的危害，直到上个世纪 70 年代仍有影响。

黄河给宿迁这片土地带来的危害是灾难性的，那么京杭大运河呢？

京杭大运河奔腾南下，流经今天宿迁的泗洪县、泗阳县与宿豫区、宿城区。京杭运河在宿迁市境内的变迁过程比较复杂，随着大运河的改道，河道先后从宿迁内境与南境经过。

早在隋代，隋炀帝下令开凿自河南汴京至泗州入淮口的通济渠，河道就经过今天宿迁的泗洪县境；元明以后，苏北大运河河道北迁，并在相当长时间内以黄代运，即借黄河故道通航；清初开凿中运河，这两条河道都流经今天的宿豫区、宿城区与泗阳县境内。

就清代而言，南北漕运对朝廷有着特殊的意义。

1676 年，黄河、淮河齐发大水，淮河下游 9 处决口，洪水汇入运河，泛滥成灾。翌年，康熙帝任命安徽巡抚靳辅为河道总督，专门治理河务。随后几年中，靳辅便命地方官征集民工，开凿 40 余华里长的皂河，不久

淮安水门桥

又开凿新河 3000 余丈，经龙岗岔口，将皂河运口下移至张家庄，故称张庄运口。后来，靳辅又征民工，从张庄运口向南开一条河道，出骆马湖口，经宿迁，历桃源（今泗阳县城南），至清河（今淮安市）仲家庄注入黄河、淮河交汇处的清口，全长 180 华里。

这条河连同皂河北上山东台儿庄的运河，统称为中运河，又名中河，下与里运河相接，并在至今 300 余年的时间里，一直被称为"黄金水道"。

中运河的开凿，彻底改写了大运河的历史，使频临湮废的世界第一人工河重新通航，为南北漕运揭开了崭新的一页。

京杭大运河宿迁段的重要，我们还可以从乾隆行宫遗址中得到印证。清朝乾隆皇帝 6 次巡游江南，有 5 次到"敕建安澜龙王庙"祭祀，并驻跸于此，故此庙称为乾隆行宫。

大运河在宿迁境内自南而北迁，经历了数百年的时间演变，自然留下了众多的名胜古迹与风物传说，亦留下了许多的人间悲欢离合。

京杭大运河不仅带来了南北水路交通的便利，促进了宿迁地方经济的发展，而且为宿迁留下了丰富的文化遗产。

宿迁是南水北调东线工程的重要汇水区域，拥有 112 公里京杭运河、58 公里徐洪河 2 条输水干线，还有洪泽湖和骆马湖 2 个调蓄水库，在国家南水北调东线工程中肩负着重要的使命。

京杭大运河在宿迁的长度约占江苏段的 16.2%，居江苏省沿河各市之首，是江苏水运最繁忙的黄金水道之一。京杭大运河从北向南进入宿迁市，由西北转向东南，状若弯弓，蜿蜒而过。其中，穿越市区的中运河城区段长约 16 公里。

历史上，中运河曾以其得天独厚的优势，在繁荣宿迁发挥过重要的作用。

然而，由于历史原因，中运河长期得不到有效治理，沿线杂乱无章，环境污染十分严重。中运河沿线临水而居着近千户居民和近百家企业，还有大批刚刚进城的农民，连什么猪圈、露天公厕等污染源，也应有尽有，大量的生活和工业污水被直排入运河，沿岸堤防被非法侵占、剥蚀严重。

到上世纪末，中运河宿迁城区段的污染已经惨不忍睹，沿线群众意见

运河朝阳

集中，反映十分强烈。

宿豫区顺河镇的倪成录、蔡佩余是中运河上的“常客”，10多年来，他们一直在运河上划着小船收废品。回想过去的宿迁中运河环境，他们的感觉只有3个字：“脏、乱、差！”

随着城市化进程的加快，城市规模的扩大，特别是国家南水北调工程启动后，宿迁上下的压力越来越大，整治中运河势在必行。

宿迁市及时擂响了中运河综合整治的战鼓，加大治污投入，强化控源截污，尽快改善断面水质。

宿迁中运河城区段的综合整治，集防洪、城建、环保、文化、旅游为一体，是一项社会公益性基础设施工程。“以人为本，以生态为源”，是综合整治工程突出的设计理念。强调沿河景观与传统文化的融合，宿迁旨在重新部署河岸空地，提高河岸的交通便捷性，创造一种自然、祥和、休闲的城市氛围，使之成为独具特色的苏北“浦东”，宿迁“外滩”。

作为建市以来单体投入最大的建设项目，中运河城区段综合整治需巨额资金投入。面对经济薄弱、财力匮乏的市情，宿迁市积极开拓创新，“依托市场、经营城市”，把整治工程作为一项产业来开发，作为经营项目来运作，作为经济实体来管理，努力打造城市开发经营的示范工程。

在工程启动之初，宿迁便成立了“水务建设投资有限责任公司”，以综合整治，促动开发经营；靠开发经营，推动综合整治。

除了河岸加固、道路修筑和景观建设用地外，对居民小区、商业服务和市场建设用地，一律作为经营性用地投放市场，挂牌拍卖，公开竞价，以实现土地收益最大化，最大限度地实现城市资本置换，缓解建设资金压力。

中运河综合整治工程，是宿迁旧城改造规模最大的工程，拆迁工作面广量大，困难重重。负责拆迁的政府工作人员不厌其烦地深入现场，多次与群众促膝谈心，既做好解惑释疑工作，又维护群众的切身利益，赢得了群众的理解和支持。

沿岸广大居民和工矿企业也都能识大体、顾大局，积极主动配合拆迁。

运河南路张琪珍女士的住宅被拆迁了，看着居住多年的房屋，张琪珍恋恋不舍，但她却说：“为了南水北调的清水，为了城市更好地发展，我

宿迁污水处理厂

们老百姓怎能不支持？”

中运河城区段综合整治工程实施 3 年多，共完成投资 3.1 亿元，居民拆迁 2900 余户，搬迁企业 62 家，清除滞留船只 2400 多艘，填筑堤防完成 7.2 公里，砌筑挡洪墙 12 公里，建设黑鱼汪船只辅助停泊区 27 万平方米，新建改建 9 座涵洞。

同时，还建设了一系列公益性工程，如步道、台地、景观小品、亮化等，实施绿化长度 12.6 公里，栽植乔灌木 20 万株，新增绿地 64 万平方米。

在运河边居住了 20 多年的程清明，指着运河西岸的一块绿地说：“我们原来就住在那儿，现在住进了商品房。我和老伴每天都到这河岸公园晨练。”老程感慨道：“从前的脏乱之地变成了现在的风水宝地，这运河两岸的变化真是翻天覆地！政府整治运河是造福人民、惠及子孙的一件大实事。”

跑船运的山东人孙贤经常往返宿迁段运河。在他的眼里，如今的宿迁中运河两岸如同城市建设一样，日新月异，两岸变美了，河水变清了，河道变宽了，醉人美景让人流连忘返。水上看宿迁，也无愧为一个生态、绿色城市。

如今，宿迁段京杭大运河，已成为南水北调东线工程的一段“清水生态走廊”：

沿河两岸绿树成阴，芳草如毡，花繁似锦，杨柳依依。河滨人行道上，市民们在悠闲地漫步；亭台水榭旁，顽皮的孩童欢声笑语，嬉戏玩耍；公园长椅石凳上，游人在休憩闲聊……

泛舟运河之上，清波荡漾，悠然自得，让人顿生“船行碧波上，如在画中游”的美感。

在治理南水北调水环境过程中，江苏人总是未雨绸缪。

就在对京杭大运河宿迁城区段综合整治的同时，江苏人又果断决策，将宿迁段大运河改道东移。

为什么要如此决断？

因为，京杭大运河宿迁城区段的货运量每年接近亿吨，货物周转量占全省内河货物周转的1/3强，相当于3条铁路的运输量，对缓解京沪线铁路运输紧张，起到了积极作用。但每年船舶流量增速仍保持在10%以上，船只过往频繁，大大超出了航道原有设计负荷。

怎样保障南水北调输水主干线的水质不受影响？宿迁市毅然决定，“曲线保清流”！

即在原有航道的东侧，重新开挖一条新航道，绕过宿迁城区与大运河连接，从而实现过往船只不再从原先河道通航，改线工程在2007年底通航后，确保了南水北调大运河宿迁段的水质。

宿迁全市还新建成6个污水处理厂和1个电厂脱硫工程，市区和各县城镇新增污水主干管网65.8公里。

南水北调沿线的泗洪县除专门上马污水处理厂外，还缩减农业面源污染相对重些的山芋种植面积，即从过去的20万亩缩减到2万亩。

面对2013年的东线通水，宿迁人早已是踌躇满志。

湿地保护

煤城果断“亮剑”

徐州，是黄帝后裔彭祖故地，古称彭城，自古为华夏九州之一，地处苏鲁豫皖四省接壤地区，被称为“五省通衢”和“北国锁钥、南国门户”，是交通与军事要冲。现辖2市3县5区，总面积11258平方公里、居江苏省第二；户籍人口973万人、居江苏全省第一。

这里是兵家必争之地，从公元前573年到1949年新中国成立，在徐州一带发生的大规模战事达400余起，其中两起最为著名：楚汉相争和淮海战役。

这里山川秀美，虽地处平原，却有“三河七湖七十二山峦”；这里历史丰厚，遗迹众多，仅20余座规模宏大的汉墓，就勾勒出了人文景观的精彩华章；这里钟灵毓秀，不仅出刘邦、项羽、张良、萧何、刘裕、朱温、李煜等数十位帝王将相，更有张道陵、刘向、刘禹锡、刘知几、陈师道、李可染等数百位精英。他们一个个如御风之鹤，翩然在博大浑厚的册页中。

初到徐州的人，是会惊叹连连的，是会感慨无限的。

这是一个大气之地，乾隆6下江南4驻徐州，毛泽东比乾隆还多来了

3次。谢灵运、白居易、韩愈、苏东城、文天祥们，谁没有在这里留下过印迹?

历史总是谜团重重，不知还有多少秘密隐藏在这块土地上。而这里还衍生出许多哲与辩的故事：

在此，秦始皇打捞过九鼎中最后一鼎，九鼎是立国重器。秦皇无所得，国也没立住，且由徐州人建立了新朝；

这里曾是汉王的“大本营”，可项羽又在这建起西楚的都城，留下意犹未尽的一笔；但诵出“大风歌”的刘邦却生在这里，最终成了“一朝天子”；吟出“一江春水向东流”的李煜也出自这里，却做了“千古词帝”；

黄河曾在这里咆哮，无数次将整座城市埋入地下，徐州人坚定不弃，信念再生，黄河竟然远去了。

黄河故道，一河新水涌动着苍茫；历史烟云，始终弹奏着急管繁弦。

阳刚的徐州，历史上不是血就是火，始终有几分诗意。

徐州除了粗犷阳刚之外，这里同样有水的汹涌与佳话。

徐州历来就是治水重地。大禹为治水走遍天下，对各地的地形、水系了如指掌，并以此重新将天下划为九个州。大禹治水还曾来过这里。这说明，治水远比所有与徐州有关的战争记载要早得多!

整治黄河故道

还有，这里流传着苏东城治水的一个个动人佳话，让人们感受到了这座古城的舒缓悠扬、独特的韵律。

徐州市地处古淮河的支流沂、沭、泗诸水的下游，以黄河故道为分水岭，形成北部的沂、沭、泗水系和南部的濉、安河水系。境内河流纵横交错，湖沼、水库星罗棋布，废黄河斜穿东西，京杭大运河横贯南北，东有沂、沭诸水及骆马湖，西有夏兴、大沙河及微山湖。

全市拥有大型水库两座，中型水库5座，小型水库84座，总库容3.31亿立方米，还有众多的桥、函、渠、闸等水利设施，初步形成了具有防洪、灌溉、航运、水产等多功能的河、湖、渠、库相连的水网系统。

在南水北调东线江苏境内14个水质控制断面中，徐州有6个断面。

然而，徐州是江苏的老工业基地，也是著名的煤炭基地。这里曾是烟囱林立，煤灰飞扬，污水横流。

使命在身，事不宜迟。徐州保证：坚决让江苏出省水质率先稳定达标！

说到做到，不放空炮。徐州市立即行动，多措并举，重拳出击，坚决打响治污攻坚战。

曾几何时，徐州市水泥粉尘排放量，竟然占到工业企业粉尘排放总量的95%以上，成为影响市区大气环境质量的主要因素。

针对这一重症，徐州结合提升产业竞争力、调优工业结构，采取关闭、搬迁、限期治理等有力措施，强力推进水泥企业治理。

徐州引进“海螺”、“巨龙”等大水泥先进工艺项目，取代了24家小水泥企业。随之而来的是，全市水泥生产能力由1370万吨增加到1700余万吨，粉尘年排放量却削减了60%以上。

严厉的环境整治中，徐州扶大关小，以关促治，淘汰落后造纸企业。

关闭了162座小煤窑、52家小水泥厂、117家小造纸厂，拆除市区790台燃煤锅炉，从市区迁出140家污染企业，全面完成了规模以上电厂脱硫工程。

对传统产业大规模改造升级，新上坑口电厂、煤电铝、煤电碱等一批循环经济项目。

同时，在新上项目上，徐州严格守住环保底线。

勇于探索的徐州人，在治理河道污染上又有了新道道。

2009年5月，奎河放水涵洞建成，实现了引黄济奎——从故黄河向奎河放水，效率达每秒5至10立方米，而故黄河水的补给来自丁万河，此举促成了3条河的流动。

多头管理，无疑是治污的一道“槛”。

2009年11月22日。徐州。

一个平常的日子。徐州市水利局奎河管理处正式挂牌了。

这个管理处的成立，意味着结束了多年来奎河由5家单位和部门共同管理的局面，意味着互相推诿到专职责任的明确。

思路一变天地宽，责任一明面貌变。

果然不到几年的整治，奎河两岸就发生了翻天覆地的变化，昔日纳污河变成了市区的景观河，成为市民休闲、娱乐的好去处。

坚持不留隐患，努力保证南水北调涉水沿线的环境不受污染。这是徐州人的治污坚守。

徐州市铜山县的大运河两岸，码头星罗棋布，各种吊车高耸林立，它们像远程的高炮，又似一座座堡垒，运输的卡车等空排档，川流不息，十分繁忙。一个小码头，一年下来至少能挣上个十几万元，多的则可以挣到几十万，甚至一年赚上百万元的小老板也大有人在。

这些小码头，还是附近村民们发财致富的重要来源渠道。

可大运河边的这些小码头，也是污染运河水质的源头之一。这些小码头大多装卸不规范，甚至有许多作业和生活垃圾抛入河中，很容易产生水质污染。

面对治污的大局，徐州痛下决心开展小码头整治，坚决关闭大运河沿线120多座小码头，并投入近两亿元，重新兴建一座亿吨大港码头。

自从2007年以来，徐州共否决不符合国家环保标准的项目125个。

实施“蓝天碧水”工程。淘汰所有麦草制浆造纸生产线，全市造纸企业从138家锐减到12家。

水环境的综合整治，污水处理能力提高了，水环境质量持续得到改善。徐州全市污水处理厂由2006年的9座增加到33座，日处理能力从45万吨提高到105.5万吨，市区生活污水处理率由不足50%提高达到87.23%。市区截污管网从不足百米增加到1100公里，实现主城区全覆盖。

徐州煤炭运输码头

涉水企业基本做到了设施完善、达标排放。

谋求环保与发展双赢之路，是徐州人治理水环境污染的一条智慧之举。

位于新沂市的江苏花厅酒业有限公司，是江苏省最大、全国第四大的酒精生产基地，年产 15 万吨。根据工艺，每天至少需要处理近 4000 吨酒糟废液。然而，现在的厂区内已看不到大量污水排放，高耸的烟囱也未有浓黑的烟雾。公司副总经理马继飞颇为自豪地说：“通过治污，我们已经变废为宝了！”

花厅酒业曾因污染问题，被国家环保总局曝光。徐州市开展环境污染整治之后，公司痛下决心，花 2000 多万元购进环保设备。通过技术改造之后，公司实现了循环生产，不但再没有接到有关污染环境的举报，每年还能创造 1000 多万元的经济效益。这下，花厅酒业发现真的值了！

花厅酒业的嬗变，仅是徐州谋求环保与发展双赢之路的缩影。

过去，都说徐州是“煤都”，黑和灰曾经是遮蔽城市的主色调，粉尘也大。民间有个顺口溜：“进了徐州城，先喝二两土”。这几年，徐州城变了，实现了从“黑能源”到“绿能源”的华丽转身。

当你有机会登上贾汪区青山泉镇鸡鸣山南麓时，漫山遍野的太阳能电池板，仿佛向日葵一样，追随着阳光的角度缓缓地转动，安静地吸收大自然的无穷能量。这座 20 兆瓦的太阳能发电站，就是徐州中能硅业科技发展有限公司经营的。

自 2007 年 9 月投运以来，“中能”凭借着技术和产业转型升级，“转”出好几个第一：

一是产能为亚洲第一的多晶硅生产厂家；

二是环保第一，实现了尾气回收即四氯化硅循环利用，达到零排放；

三是生产成本国内最低；

四是能耗最低，跟国际水平持平。目前，徐州太阳能光伏产业已成功奔向“世界级”。

这就是徐州经济转型走出的环保经济之路。

2008 年 10 月 25 日。

邳州市张楼镇中运河畔，彩旗招展，机器轰鸣。

强化水污染防治

南水北调东线徐州市截污导流工程开工仪式在这里举行。

这一工程的开工建设，是南水北调东线江苏“清水廊道”的关键性工程，是保护南水北调水质的重要屏障，标志着江苏省东线截污导流工程的全面开工建设。

这项工程，总投资为7.2亿元，设计尾水规模为日41万吨。

对徐州而言，实施截污导流，是一举多得的好事。

过去，由于大运河水质不达标，徐州市的自来水大运河取水口建成后，一直未能启用，只能以微山湖水作为饮用水源。实施截污导流工程后，使徐州市饮用水既可以从微山湖取水，又能大运河取水。

以前，在骆马湖以北、大运河下游段，经常遭受涝渍灾害，翻水费用居高不下。截污导流工程的建设，特别是沂河涵洞的兴建和湖东自排河的扩建，从根本上解决上述两地区的涝渍灾害问题，缓解排涝压力，减少了长年翻水的费用，农业生产生活条件明显改善。

导流河道长度172公里，加上支河，调蓄能力可达1767万立方米，相当于一个带状水库，将尾水调蓄利用，只有多余时，才会向东排入大海。每年农灌期，尾水全部用于灌溉，这就有效降低了农灌成本。

可见，截污导流工程，既是南水北调工程建设的需要，也是解决徐州市用水的需要，更是徐州市经济社会发展的需要。

徐州整治水环境污染不仅是动真格的，而且是全方位的。

对于南水北调沿线的河岸、湖岸，徐州市还一律建立了生态保护带，调整水源100米范围内的种植业结构，按照每亩地每年补贴800元的标准，首次与农民签订15年的补偿协议，并一次性发放给种植的农民。这样就有效保护了沿线的水源。

从2012年3月1日起，徐州市还实施了一项更加扎实的保障措施。即：

实行水环境资源污染损害补偿机制，全力打造南水北调清水廊道。这是东线第一个推行水质达标区域补偿的地级市。

这一方案，以“污染者付费、损害者补偿”为原则。

京杭运河徐州段、房亭河、复新河、沛沿河、徐沙河和奎河等，均被作为考核河流。

南水北调沿线、淮河流域8个国控、省控断面等，均作为补偿考核断面。

按照水污染防治的不同要求，明确补偿金分为 4 个等次。即：30 万元、50 万元、100 万元和 200 万元。

所缴纳补偿资金，则专项用于：区域水污染治理、生态修复和水环境监测能力建设。

对于未按期缴纳补偿金的，按天加收滞纳金，并在年度科学发展综合考核中，实行环保“一票否决”。

2012 年，徐州共完成 28 家镇级污水处理厂及配套管网建设，进一步提高污水收集率。

新沂市尾水导流工程与丰沛截污导流工程均已投入使用。

连续多年的水环境综合整治，徐州共投资了 20 亿元，使得全市的水污染排放总量逐年下降。

现在，整个徐州的水环境大为改善。

美丽徐州

农村再现了水清、岸绿、洁净的田园景象；城市蓝天白云，空气清新，景观处处。

春意盎然的四月，当我们驱车穿行在徐州市中心的云龙湖畔，长堤、绿地、垂柳，一派盎然，无论是近观，还是远眺，碧波万顷的湖水总是那么地清澈，透露着灵性。

女作家梅洁不住惊叹道："这哪是苏鲁边界的城市？这简直就是美景如画的江南！"

徐州的"蓝天"数量也逐年增加。一份来自环保部门的数据显示，"十一五"期间，徐州连续5年拥有"蓝天"数超过300天，且每年都在不断递增。而在2005年之前，徐州蓝天数量还没有超过300天的记录。

水清了，岸绿了，天蓝了，景美了。这就是当下的彭城。如果是第一次到徐州，还以为是误入了美丽的"江南"。

第四章

凤凰涅槃的山东

山东古为齐鲁之地，西有梁山耸立，东有崂山之秀，中有象征中华的泰山之雄和沂山之灵。象征中华民族的母亲河——黄河，在这里入海。

山东历史上名人荟萃，文化源远流长。山东人的典型性格之一，就是具有强烈的道义感和责任感。

南水北调对于山东来说，既是承担建设与治污的责任，同时也是首先受益的北方省份。

然而，严峻的现实是，本来按期通水的工程却卡住了。

山东怎么办？要知道，此时山东上下的一举一动，都会牵动全中国的神经。

治污，就是“战争”

什么是战争？战争，就是要敢打敢拼，就是勇于牺牲，就是要敢于跳出“雷区”，勇于抢占制高点，就是要智勇双全。

山东人勇于打仗，治污也是如此。

10 年前的山东，其经济总量一直位居全国的第二位。山东全省的工业化程度较高，工业产值比重较大，要想保证南水北调的水质达标，管住调水沿线工业企业的污水排放，是其中极为关键性的一招。

然而，山东是造纸大省，纸业在山东有重要地位。造纸业是山东南水北调流域内的排污第一大户，排污量占工业排污总量的 70%。如何才能管住这个“血盆大口”？

看来，只有对造纸业“动刀子”，做手术，提高“门槛”，才能让其脱胎换骨。

山东治污有“三大法宝”。即：治、用、保。其中，治污，是第一位，且绝不手软！

这里，我不能不先说说现任山东省环境保护厅厅长张波这个人物。

2000 年 6 月 23 日，美丽的海滨城市青岛，一个温馨的初夏夜。

深夜 11 点左右，正在睡梦中的张波，突然被一阵急促的电话铃声惊醒，他拿起电话，只听对方说："喂，你是张波同志吗？"

"是的，您是谁？"

"我是省委组织部的，省委研究决定，调你到省环保局担任副局长，你有意见吗？"

此时，张波脑海中迅速闪出一个念头："此人会不会是个骗子？"但他很快就打消了这个念头，因为对方领导的声音十分沉稳而庄重。他问："省委决定了吗？"

"是的。"

"那好，既然省委决定了，我是党员，那我坚决服从组织的决定。"

当年，山东经济社会就处于高速发展期，但水源非常紧张，甚至像烟台的门楼水库都干涸了，不得不水库底下打井。

对于中央搞南水北调，山东省的态度最积极，热情最高，山东省向中央打报告，坚决要求南水北调东线走山东。

南水北调东线山东段治污还究竟有没有路可走？

张波的决心与策略是：一条河一条河的治理，一个流域一个流域的治理。他心中开始有一个梦想：有河就有水，有水就有鱼，要让老百姓记忆中的美好景象回到现实中来。

要让环境好转，就必须在治污手段上出新招：取消行业排污特权！

促使张波痛下决心提高排污标准的，还有这样一件事。

那是 2000 年 10 月的一天，荷泽市万福河段发生了一起严重的污染事件。

污水排到下游的济宁，重创了渔业养殖，好多渔民的鱼都被毒死了，最严重的一户竟然损失 8 万多元，而这一户渔民的养殖投入，全都是东拼西凑借来的。

济宁、荷泽地区是历史水泊梁山故事的发生地，民风强悍。南四湖上游排污污染下游的事，也已不是这一次了。深受其害的下游群众，早已义愤填膺，更何况这次又特别严重。于是，他们纷纷拿起农具，准备前去"讨

水污染致网箱鱼死亡

说法”。

接到举报之后，张波迅速率领环保执法人员赶到现场。哪想到，一到现场，一位老大爷就给张波磕头，认为是“青天老爷”，一定会为他“作主”的。

看到污染的惨状，面对众多百姓渴望的眼神，年轻的张波火冒三丈，嫉恶如仇。他扶起老大爷，眼里噙着泪水对现场群众说：“请父老乡亲们放心，我虽然刚到省环保局，但一定会给大家一个交代！”

张波在稳定了现场的群众情绪后，马不停蹄赶回省城济南，他在路上暗暗下了决心：坚决要关闭上游的污染企业！

哪知道，张波刚回到省环保局，那个污染造纸企业所在地的成武县县委书记就来了。原来，他跟随着张波而来的。

他与张波一见面，第一句话就“忏悔”：“张局长，我们有罪啊！给下游百姓带来了灾难！”

然而，他话锋一转，也眼噙泪花诉苦起来：“成武 60 万人口，全县一年的财政收入才 9000 多万元，而这个污染的造纸厂一家，就为县里提供税收 3000 多万元，占全县财政的 1/3。如果将这个企业关闭了，不仅上千名的工人生活无着落，还有全县的教师、警察等公职人员的工资都无法发放。我们不是不治理，而是没有更多的科技手段，更主要的是，治污就会造成企业的亏损……”

本来，张波是满腔怒火，是要建议省里坚决关掉这家污染造纸厂的，但听到这位县委书记的一番痛苦“陈述”之后，张波的心“软”了。

那么，造纸行业的出路究竟在哪里？看来，对于发展中地区来说，照搬西方发达国家的治污经验是行不通的，必须寻找新的出路。

张波认为，治污力度来自于法度，法度不严，问题难结，对于造纸业来说，污水的排放标准太低，必须大幅度提高。

张波的目标是：希望到 2010 年，山东省内的造纸业污水 COD 含量降低到每升 100 毫克。

并分 3 个阶段实施到位：

第一阶段：从 2003 年 5 月 1 日起，执行草浆造纸外排废水化学需氧量为每升 420 毫克，向行业发出一个标准即将加严的明确信号；

第二阶段：从 2007 年 1 月 1 日起，执行草浆造纸外排废水化学需氧量为每升 300 毫克标准；

第三阶段：2010 年 1 月 1 日起，实施草浆造纸外排废水化学需氧量为每升 120 毫克标准，此标准比国家标准严 3 倍多。

据测算，通过实施这项标准，第一阶段，山东省每年可以削减化学需氧量排放量 2.25 万吨；第二阶段可继续削减化学需氧量排放量 5.85 万吨；第三阶段可以再削减化学需氧量排放量 4.05 万吨。

山东省环保部门坚持认为，随着经济社会发展和人民群众生活水平的提高，必须消灭行业排污特权！

对于治污与发展，张波提出了两个问号：

一是，是不是山东的人民能永远容忍河流里没有鱼？山东的战略发展目标是，到 2012-2015 年建成小康社会。这样的话，最迟到 2012 年，河流里就应当恢复鱼类，确定 2010 年为相应标准的开始执行年，应该是可行的。

二是，任何企业、任何行业，任何地区的发展，如果一直与人民群众

污水处理系统

的环境需求背道而驰，那么其发展道路还能走得远吗？山东要在 2020 年基本实现现代化，难道还能够容忍行业排污的特权吗？

过了多年之后，张波的实践成功了。

有趣的是，张波的执着事业精神还影响了下一代。本来，张波希望儿子学习其他专业的，可如今已是清华大学研究生的儿子，坚决要与父亲一样，子承父业，学习环境专业。

治污 10 多年来，继造纸业地方标准发布实施后，山东省又连续发布实施了 15 项地方标准。

到 2010 年 1 月 1 日，山东省率先在全国实行了最严格的水污染物统一排放标准，高污染行业排放特权成为历史。

从 2003 年到 2010 年，山东造纸行业 COD 排放量比 2002 年减少了 62%。

尽管如是，山东的治污压力仍是很大的。

与相邻的江苏省相比，山东的情况难言乐观：2010 年的二季度，江苏境内输水干线水质已基本达标，而山东预计 2012 年底才能达标。

按计划，东线本该于 2007 年年底通水，但受治污等因素影响，通水延期至 2013 年。

经过多年的努力，山东南水北调沿线治污虽有了极大进展，水质也有明显改善，但山东结构性减排，压力仍然很大。

“十一五”期间，山东调水沿线 9 市结构减排仅占减排总量的 16%。此时，沿线还有造纸企业 40 多家，化工及涉重金属污染企业 260 多家。

对于南四湖这样的治污现状，2008 年，一位白发苍苍的专家曾经对山东省环保厅厅长张波说：“南四湖要达到三类水标准，打死我都不相信。”

因为南四湖周围有 53 条像蜘蛛网一样的河流注入，几乎全是超五类水。这些河流，分属于山东、河北、安徽、江苏 4 省。

上世纪 70 年代以来，工业废水、生活废水、医疗废水、船舶废水，都源源不断流入南四湖。53 条河流沿河的排污企业达到 4000 多家，每天 54 万吨工业废水、14 万吨生活污水，间接或直接排入南四湖。几年之间，16.5 万亩的水面被严重污染，日入湖有害物质达到 218.2 吨……

那时，有人甚至认为南四湖治污是“天下治污第一难”。

显然，南四湖治污之难，是多种因素交织叠加的结果。

其一，南四湖地区人口密度大。每平方公里有800多人，产生的生产生活废水量也因此较大。

其二，流域内经济结构严重不合理。当地煤化工、石油化工、造纸、纺织、酿造、淀粉、味精之类的行业较多。以鲁西南为例，造纸行业是当地工业污染的第一大户。2000年，仅造纸行业排的污染物总量就占当地总量的80%，一家造纸厂污染一条河的现象比比皆是。其时，几乎每个县都有好几家造纸厂。最多的时候，山东省仅麦草制浆纸厂就有720多家。

但是，由于这些企业大多是在经济欠发达的地区，既是税收大户，又解决了大量的就业。发展心情迫切的地区，对这些企业往往并不排斥。

早在2002年，在山东流行一种说法，对于有些欠发达的县，一个造纸厂上交的地方税收，可能就是当地1/3的财政收入。因此有人说，如果造纸行业垮掉，后果将非常严重。

其三，南四湖没有入海通道。流域内产生的废水，或者经过治理的中水，拐弯抹角都进了南四湖。按照不同的降水概率计算，南四湖流域汇到南四湖的水，是调水量的2到8倍。基于此，山东省环保厅厅长张波表示："不管从江苏调过来的水是几类水，和当地的水一混，要想再确保三类水，谈何容易？"

其四，自然净化能力比较差。南四湖地区属缺水地区，降水量年均700毫米左右，自然净化能力比较差。

还有，几十年来，南四湖地区不少地方组织百姓"造田"种庄稼，人进湖退，破坏了天然的湿地系统，使得湖水的自然净化能力进一步降低。

怀疑情有可原，治污刻不容缓。

特别需要说明的是，南四湖就像一个锅底，地势比较低，所有污水都汇到那里，旁边的城郭河、大闸河，污染都很严重。上世纪90年代，COD曾经高达每升2000毫克。

那些年来，还发生过几起水污染事件。比如，2003年全国两会期间，位于枣庄境内的新薛河，氨氮含量一度高达每升5000毫克，测量仪都测"爆"了。水流至徐州，当地水源受到了污染。徐州和山东打起了官司，

1998 年南四湖上捕鱼

此事最终通过协调才解决。

“不能再让南四湖呻吟！”

山东省痛定思痛，决心坚决打赢整治流域污染的硬仗。

进行流域水污染整治，涉水企业首当其冲。

近 8 年来，仅济宁市取缔薯类加工和小淀粉企业 320 家，关闭小蒜干加工企业 137 家、酒精生产线 7 条，淘汰造纸厂麦草制浆生产线 14 条，否决新上污染项目 223 个。

2007 年，济宁还打破行业限制，率先在 4 个行业提出“零排放”的要求。这 4 个行业是：在废纸商品浆造纸、煤炭、火力发电和机械加工。

对部分排污量大、影响断面水质的重点污染企业，逐一落实停产治理、限制生产能力、关闭生产线等强制性措施。

最后剩下的 5 条麦草制浆生产线，COD 虽然达标排放，但污染负荷仍较重。于是，2010 年上半年，这最后 5 条生产线也被关闭。

高标准严要求之下，各级政府显示出壮士断腕的勇气，湖泊所处的微山县首当其冲。曾是微山县第二利税大户的微山湖煤电公司，2007 年实施了全国小火电的第一爆。微山县有关负责人说，关停企业对县财政的影响，是显而易见的，县城部分居民的冬季取暖也需要调整，但为了湖区生态，县里下决心实施了第一爆。由此，微山县拉开了取缔微山湖周边污染源的大幕，并对此后有污染风险的项目全部拒之门外。

微山湖煤电公司小火电爆破之后，炼钢生产线、水泥厂、造纸厂、化肥厂等 8 家支柱企业先后被拆除，“十一五”以来，微山县先后取缔淘汰落后产能企业 38 家。

识时务者为俊杰。

多管其下，齐头并进。山东治污的力度前所未有，治污的成效斐然。

如今，保护水环境已成为济宁人的自觉行动。泗水县是山东省扶贫开发工作重点县，境内的造纸企业华金集团，每年上缴税收占全县财政收入 1/3。

该集团副总经理孔繁波说，为了保护水环境，为了南水北调，我们企业不惜关闭落后产能，投入巨资治污。2010 年 6 月，华金关闭年产 8.9 万吨的麦草制浆生产线，并投入 6000 万元改造设备，废水排放量从原先的 4.5 万吨降至 2.5 万吨。

山东省在全国率先建成了覆盖全省的监控网络，监控的范围包括：

重点工业污染源；

污水处理厂；

河流断面及重点水源地；

空气监测点的自动监测系统。

山东所有产生污染的企业，均被环保系统安装上了电子闸门，实现了对企业污水处理过程的远程监控和报警，环保监管人员只要用手机给远程电子控制闸门发条短信息，就可以让排污闸门开启或关闭。这样，通过智能电子闸门和 IC 卡刷卡排污的结合，实现对企业排污的总量控制，提高了环保监管水平和效率。

其中在调水沿线，就安装在线监测设备 1400 多台(套)，并实现了省、市、县三级联网。

在山东的聊城的高唐泉林纸业和荷泽的泉润纸业，我见识了 GSM 智能电子闸门的妙用与神奇。

济宁也是如此，在全市 120 多家涉水企业中，先后安装了 148 台水质在线自动监测设备，实行 24 小时监控，哪家企业偷排偷放、超标排放，都逃不过环保部门的眼睛！

“十一五”以来，仅济宁就相继投入 116.2 亿元防治水污染，2010 年再次投资 44.2 亿元治污。

“十一五”时期，山东沿线有 320 多家工业企业已达国标排放。可为了一泓清水，山东又投资近 50 亿元，实施了废水治理“再提高”工程，沿线工业企业的达标排放率提高到 97%。

纵观山东南水北调沿线：从 2002 年只有 21 座污水处理厂到现在的 72 座；从日处理能力仅 30 万吨提高到现在的 316 万吨；从城市污水集中处理率不足 22% 到现在的 86%；增污水管网 2300 多公里，新建垃圾无害化处理场 39 座，新增垃圾无害化日处理能力近万吨。

动作之大，力度之强，不能不令人折服。

在山东段沿线各市，为提高再生水回用率，利用季节性河道和闲置洼地，因地制宜地建设中水截蓄导用工程，不少工业企业、污水处理厂也建设了再生水回用设施。到 2010 年，调水沿线日再生水利用能力达到 81 万吨，年实际回用量 1.3 亿多吨，分别是 2006 年的 9 倍和 7 倍。

坚决淘汰落后产能，严格环境准入。

无论是枣庄市实施的中国水泥生产线“第一爆”（一次性爆破 9 条年产 10 万吨立窑生产线），还是济宁市关闭了全部麦草造纸和酒精生产线，或是泰安市终结“中国粉条第一乡”的荣誉（东平县旧县乡有 40 多年小淀粉加工历史），都是山东确保“清水北上”的真实写照。

“十一五”以来，山东省南水北调沿线共淘汰落后产能近 7000 万吨。

截至 2012 年 3 月，东线山东段控制单元治污方案确定的 324 个治污项目，已建成 321 个，完成率为 99%；按照国家确定的考核指标评价，南水北调输水干线上的 9 个测点已基本达到地表水三类标准，汇入干线的 20 个支流测点，已有 14 个达到目标要求，调水沿线水环境质量持续改善。

山东严控高排放高污染行业发展，对不符合环保、节能条件的项目，一律不予审批。

投资 50 多亿元，实施废水治理再提高工程，沿线工业企业达标排放

鱼台县唐马河截污导流工程

率超过97%。山东沿线9市共拒批和缓批高耗能、高污染企业510多家，涉及投资近200亿元。

济宁治污还使出了“杀手锏”，就是环保部门与金融机构联手治理。

最严厉的处罚要算区域限批。济宁市下属有两个县排污总量指标没完成阶段目标，济宁市环保局遂对两县实施涉水项目区域限批。2010年以来，在济宁市环保局审批的296个涉水项目中，有17项因环保问题被否决。

济宁市环保局还与济宁人民银行建立了环境信息共享制度。哪家企业环保做得好，可优先贷款；哪家企业上了“黑名单”，放贷时一票否决，冻结贷款。

建立健全目标责任制，治污任务层层分解。

山东省细化南水北调治污任务，层层分解到了县（市、区）和重点排污企业，强化考核监督。济宁、临沂、枣庄、德州、聊城、菏泽等市，主要负责同志亲自挂帅，担任治污工作领导小组组长，层层签订责任书，严格落实责任制。

济宁的74家重点控制的水污染企业，全部被相关部门领导班子成员

变废为宝

包保负责。如果发现超标排污行为，除了对包保人问责外，还要对企业停产治理、挂牌督办、经济处罚等。2010 年以来，全市已有 29 名干部因环保问题被问责，10 多家企业被查处。

这几年来，山东查处违法排污行为，不再仅仅是罚款批评，而是加大了刑事违法的查处力度。

2007 年 6 月，山东省在整治违法排污企业专项行动中发现，齐鲁排海管线严重超标排污并长期责任不清，山东省政府对负有责任的临淄区等实施了“区域限批”，责令限期整改。

在“区域限批”的严峻形势下，临淄区岂敢懈怠？迅速开展了“拉网式”环境综合整治行动，全年关停小化工企业 1167 家，查处 24 名环境违法分子，依法对其实施行政或刑事拘留，刑事立案 3 起。

临淄区梧台镇辛兴村王姓居民，在未办理任何手续的情况下，将一块场地承包给他人储存废油渣和污油泥，齐某则先后运来 3000 吨废油渣，储存在王某的该场地内，造成严重环境污染。

王某因涉嫌重大环境污染事故犯罪，经临淄区人民检察院批准，被依法逮捕；另外 3 名人员也因涉嫌重大环境污染事故罪，被立案侦查。

还有，朱某未经国土部门批准，非法占用农用地建设办公用房、储油罐，挖污油池及硬化地面等，造成 23.7 亩农田基本无法耕种，并向其公司非法占用的土地排放有毒有害物质，废水和土壤中所含挥发酚分别超过标准值 7240 倍和 308 倍。

张某在临淄区皇城镇大马岱村东经营防水油膏厂，大量生产废水未经处理，直接排放到加温罐南侧的无防渗土坑里，具有毒害性。

经环保部门查实后，朱某与张某两人均已被公安机关依法刑事拘留，追究刑事责任。

这种打击污染环境的高压态势，有效遏制了环境污染事件的发生。

如今，走进兖州的太阳纸业，你会欣赏到这样的情景：

野鸭在水面嬉戏，鹭鸟在苇丛伫立，鱼儿在水中游弋……这样一幅自然和谐的生态图景，很难让人相信，它是在一家造纸企业的污水处理区出现的，但它却是真实的一幕。

前面我们已经提到，因为太阳纸业 2010 年的非法排污事件，受到社会的强烈关注，促进了太阳纸业的反思，让太阳纸业“痛定思痛”！

而时过两年之后，作为山东省三大造纸企业之一的太阳纸业，已经把环保上升为一种发展战略，上升为了一种企业文化。

“只有天空变得更蓝，天地才会变得更宽。”太阳纸业副总经理李继飞说，由于企业地处南水北调工程前沿，必须用最严苛的标准来要求自己，“这不仅关系到企业的发展，更是企业应该承担的社会责任。”

山东人认识到：环境是最稀缺的资源，生态是最宝贵的财富。

山东人更明白：不管多大牺牲，也要把污染治好。

责任就是使命，责任就需要勇于抉择！责任更需要勇于承担！

污水变清流的妙用

5 月的齐鲁大地，湖光山色，原野葱绿，景色壮美如画，无论是乘坐高铁动车，还是徒步走进广袤的田野，人们在欣赏着醉人绿色的同时，还会看到大片大片的碧波荡漾的水面，大有大河流淌小河溢的意境，这是多年未见的水乡情景。

看到如此景色，你无论如何也不会相信，山东是个缺水的北方大省。

让人不解的是，随着经济的调整增长，随着城镇化速度的加快，山东凭什么能做到用水总量不增反而下降？这一泓泓的清水是哪里的？

这不能不归功于南水北调治污之效。

“治用保”，是山东流域治污的“三字经”，也是“三大法宝”。其治污的第二大“法宝”，就是回用治污的中水。

一条条河流的“重生”，一个个地方用水紧张的状况得到缓解，也正是受益于此。

张波告诉我：“‘治用保’流域治污体系和发达国家治理模式相比，多出了一‘用’一‘保’的内容，实际上是一减一增：减的是污染负荷，

污水处理“花仙子”

增的是环境承载力，这有效缓解了发展中地区的治污压力，使发展中地区在经济总量还不太大的情况下，也可以基本解决流域环境问题。”

水资源是极为珍贵的资源。按照国务院南水北调的“三先三后”原则，第一条的就是坚持“先节水后调水”原则。

然而，长期以来，人们缺少这样的节水意识。

2002 年之后，经济的加速发展，城市化进程的加快，山东省用水的紧张状况越来越严重。

那么，除了提高企业排污的标准，如何限制高能耗、高耗水的行业？如何呼唤人们的节水意识？如何促进使用企业治污达标后的中水？这里面有着许多的文章要做。

如何节水？经济杠杆是必要的调节手段。

为推动节水、确保中水回用，山东省政府印发了《关于提高污水处理费征收标准促进城市污水处理市场化的通知》，明确要求提高污水处理收费标准，运用价格杠杆，启动市场机制。这就为加快污水处理厂建设步伐，起到了重要的推进作用。

不久，在山东南水北调沿线黄河以南段的各市和县城，均已按 0.8 元 / 吨的最低标准，开征城市污水处理费，其中淄博、枣庄、济宁、泰安、莱芜、临沂、菏泽等 7 市，均已提高到平均 1 元 / 吨的水平，为市场化运作奠定了基础。

省政府还印发了《山东省城市污水处理费征收使用管理办法》，对污水处理费征收、使用和管理等各环节，进一步予以规范，鼓励各地多元化投融资，有效加快了城市污水处理厂建设。

山东还建立了污水处理督察制度，统筹污水处理厂建设、运行，月月通报，对不按期完成污水处理厂建设，或是不正常运营、排放不达标的，严肃追究有关单位责任人的责任。

目前，在南水北调东线黄河以南段沿线，山东所有县（市、区）均已建成 1 座或 1 座以上污水处理厂。

我在荷泽市的龙固镇看到，就连这样相对欠发达的地区乡镇，也建起了污水处理厂。

建设污水处理厂，收取排污费，限制了高耗水的行业，警示着高耗水的企业必须节水。

山东污染治理是全过程，是严格的，不仅体现了理念的转变，更显示出科技创新的魅力。

在人们传统的印象中，造纸企业是污染大户，但在山东聊城的高唐泉林纸业集团，却无一滴污水排出。

草浆顺着一根粗大的管道，进入两层楼高的蒸煮机，经过一番蒸煮、沉淀、氧化、分离，黑液被输送到另一个车间，制成有机肥，清水被循环利用。

回想当年，从 1996 年至 2002 年间，山东省先后关停了 472 条两万吨以下的草浆生产线。泉林，自然也未能幸免。2000 年，泉林纸业 5 万吨的生产线被限产 1 万吨，随后进入关停名单。

南水北调工程开工后，泉林的命运更是“危在旦夕”。

面临企业的生死抉择，是束手待毙？还是发展木浆？

资料显示，中国是一个森林资源匮乏的国家，大量采用木浆造纸只能依靠进口。到 2009 年，木浆进口量已达总木浆用量的 73%。对木浆进口依存度过高，导致生产成本不断提高。同时，传统的草浆造纸因纸浆质量不高，大量排污问题难解决，规模逐渐萎缩。进口的木浆价最高达 1000 美元 / 吨，而草浆则不到 3000 元 / 吨，成本差距非常大。

权衡利弊，泉林咬紧牙关，选择了搞草浆造纸的研发。他们与中国制浆造纸研究院、南京林业大学等科研院校合作，成立了技术攻关小组。2003 年，泉林的“非木纤维置换蒸煮”新工艺研发成功。该工艺比传统工艺节能 20% 左右，黑液提取率高达 92%，易于后续处理。

草浆造纸的治污技术，在业内形象地被称之为“水变油”，难度可想而知。

泉林这一技术性突破，摘掉了草浆造纸高污染、高能耗的帽子。

截至 2012 年底，泉林共研究开发了 167 项专利技术，企业科研队伍已扩大到 130 多人的团队，终于突破草浆造纸的瓶颈。

泉林的自主创新，为造纸业找到了可持续发展之路。

中国森林资源匮乏，造纸业大量砍伐森林资源方式不可取，且进口纸浆价格昂贵。但中国是农业大国，小麦、水稻、棉花和玉米等秸秆，年产

鱼儿穿梭

量约 4.9 亿吨，是传统用于制浆造纸的原料。草浆对木浆的替代，将会有效扭转我国造纸业对木浆进口的依存度。

在泉林纸业总排水口的生物指示池内，不仅有人工放养的鱼群，还有野生的草鱼、鲫鱼，成群的鱼儿来回穿梭，人工湿地和外排水的流经地，水体均清澈透明，水生植物生长茂盛，多种水鸟和野生鱼类在这里栖息繁衍。

泉林纸业负责生产的贾明昊自豪地向我介绍说："我们公司的污水治理，通过物化、复合化学反应曝气、厌氧、好氧、深度脱色、湿地净化，共有 6 道工序紧密连接，使 COD 浓度逐级下降，由进水口的每升 2600 毫克，一路降至总排口的每升 40 毫克以下。实际上，我们的已经降至到了每升 25 毫克以下。"

2011 年 6 月 17 日，国家环保部周生贤部长亲自带调研组到泉林纸业视察污水处理方式，来之前派了多路人暗访。视察当天，又突然改变原定线路，杀个措手不及。

当时，聊城市领导有些担心，泉林的答复却是："不怕领导来看，就怕领导不看。"

解决了污染难题，草浆造纸的好处就显露无疑。高唐县三十里铺镇杜庄村村民杜文国喜滋滋地说，他家有五六亩地的小麦秸秆，卖给泉林纸业后，赚了500多元钱。“换回的钱，能买二亩地上的化肥。”

2011年7月11日，国家环保部突破原来的产业政策禁区，破例批复了泉林纸业年处理150万吨秸秆综合利用项目。

如今的泉林纸业成功突破草浆造纸禁区的防线，开始在全国范围内“跑马圈地”。

令人惊喜的还有，原来制造一吨纸浆需耗水300立方米，现在只需要耗水20.4立方米，比国标低60立方米。而处理后废水40%以上中水回用于生产。外排水的各项关键指标，不仅优于企业现行的山东省地方标准，还优于美国、欧盟等发达国家木浆造纸的环保标准。

菏泽市绝大部分地区属于淮河流域的南四湖水系，全市产生的工业废水和生活污水很多，但最终需通过洙赵新河、东鱼河和万福河流入南四湖。

菏泽始终把水污染防治工作放在战略位置，在环保投入上舍得花本钱，舍得投资金；在新上投资项目时，优先考虑环境影响；在增加公共财政支出时，优先增加环保开支；在建设公共设施时，优先安排环保设施。

全市列入国家“十二五”重点的治污项目共116个。菏泽在完成“规定动作”的同时，还开展了一系列“自选动作”，共筹划建设了16大类434个水污染治理项目，总投资30.48亿元。荷泽人的信念是：确保不让一滴超标污水流出菏泽。

菏泽投资1.8亿元，对9座城市污水处理厂全面进行了升级改造，使其都稳定达到了一级A标准。全市47条河流（段）全部实施污水截流，新建16座污水提升泵站，日新增污水处理能力10万吨。全市106家市控以上水污染企业，外排废水达标率明显提高。许多昔日的臭水沟变得碧波荡漾。

再生水循环利用，是菏泽治污的一大亮点。

菏泽全市的9座城市污水处理厂，日再生水回用量13万吨，回用率达到30%。

曹县圣奥化工、牡丹区睿鹰化工、菏泽电厂等百余家重点工业企业，均建设了再生水利用设施，年回用再生水2726万吨，回用率31%。

菏泽市的东鱼河，是当地的主要河道之一，当地人现在叫它万福河。南水北调之前，这条河上臭气薰天，人都不敢靠近。

东鱼河截污导流工程，是南水北调截污导流工程的一部分，是输水干线保证其水质的重要工程。

这个工程通过及时引入黄河水，连通赵王河进行水体的净化、循环，而挖出的百万立方米土方，在河北岸滩地筑起了10米宽的平台，保护了南外环路路基、涵养水源……

2010年11月7日全部竣工后，综合利用的功能迅速显现：不仅保证了沿河工农业用水的急需，防洪抗旱能力提高了，还将拦蓄的中水用于沿线农田灌溉，其中改善农田灌溉面积62多万亩。

如今的万福河碧波荡漾，两岸绿草如茵，成为了菏泽名副其实的“城南玉带”。

2013年5月9日，在东鱼河张衙门撞拦河闸口，明媚的艳阳之下，许多爱好垂钓者兴致盎然。年轻的垂钓者宋世圆告诉我，他在这里已经垂钓近两年了，提起他的鱼篓，才下午三点半左右，他已经钓到了两斤多的野生草鱼。而年长的马建国也已经钓了十几条野生草鱼，可谓悠然自得，其乐融融。

菏泽市环保局的杨胜民科长则对我说：“南水北调治污，让沿线百姓都得到了实惠。”

再生水循环利用，减少了废水排放量，多方共赢。

济宁市先后投资4.29亿元建成7座再生水截蓄导用工程，拦蓄达标排放中水5912万立方米，新增库容3860万立方米；实施污水处理厂再生水回用工程，形成中水回用能力57.7万吨。

济宁还鼓励企业实施废水深度处理和再生水回用。现在，济宁的57家企业都配套建设了再生水回用装备设施，处理后的废水达到再利用标准。

兖州市污水处理厂，是南四湖流域水污染治理的重点项目。为确保污水处理稳定达标，保障南水北调水质，兖州市污水处理厂先后多次主动提标扩容改造，出水标准从国家二级排放标准逐步提升到一级B排放标准。

2010年，这个厂建设一级A升级改造和中水回用工程，采用活性砂滤池工艺，形成为兖矿国际焦化公司的水服务功能，即分别为其日供水万

生物质电厂运行

吨中水和调水10万吨。同时，建设中水资源化工程，将处理达标后的中水，作为景观用水调入泗河，并在沿线为企业预留中水接口。

这样实现了“污水不出厂、中水不出境”，通过企业回用、入河造景，实现了中水资源效益的最大化，形成了水资源治理回用大循环体系。

2012年5月，在华电国际邹县发电厂，我们见到了中水回用的壮观场面。进入发电厂主厂区，数个巨型高塔立在眼前，高塔底部水流如瀑，轰鸣阵阵。据介绍，这是用于冷却水的凉水塔。2007年投资的这个中水回用工程，总额7600余万元，日处理能力近10万吨。

此工程深度处理两处污废水：一是邹城市污水处理厂中水；二是厂区内三、四期污废水。这样污废水进行后，就作为两台1000MW机组的循环冷却水使用。

近年来，华电还投资 1600 余万元，建设了一、二期污水处理系统，年回收污水 500 余万吨，处理后的水全部补入循环冷却水系统；投资 2700 余万元，建设了反渗透处理系统，其水源为一、二期循环水排污水，处理后直接作为全厂化学水处理进水，既节约了地下水资源，又减少了再生酸碱消耗量，降耗和环保效果十分显著。

这些年来，山东还运用市场机制，不断加大投入力度，在全省建成城市污水处理厂 210 座，总处理能力达 1090 万吨 / 日。

其中值得推崇的还有，山东人凭“票”用水的创举。

计划经济时代，商品短缺催生出了粮票、布票、油票。今天，这些票证早已无踪影，山东却冒出了“水票”。究竟是创新还是无奈？十分值得人们深思。

2010 年 10 月，山东成为全国率先实行最严格水资源管理制度的省份。为促进用水方式转变，山东还先后制定一系列的用水地方标准。如：

9 大重点工业行业用水定额；

主要农作物灌溉用水定额；

饮用水生产企业产水率；

……

省里通过核定各市、县年度区域用水计划控制指标，对列入考核的工业、服务业取用水户，一律逐月下达用水调度计划，其考核结果，作为核定其下一年度用水计划的主要依据。

同时，按照“定额内讲公平，超定额讲效率”原则，确定基本水价，对超定额用水的，加价征收或累进征收水资源费。

这样，用水就得凭“票”了。

截至 2013 年 5 月，仅山东南水北调沿线，就建成 21 个再生水截蓄导用工程，年可消化中水两亿多立方米，有效改善灌溉面积达 200 多万亩。

2011 年和 2012 年，山东省虽然社会经济发展加快了，经济总量大了，可全省用水总量反而减少两亿立方米，地下水位回升 0.24 米，其中潍坊回升 0.44 米。

作为一个严重缺水的省份，山东的经济改变了以高耗水为代价的发展方式，迎来了一个不增反降的拐点。

南水北调东线治污，治来了一个节水的山东，一个丰水的山东，还原了一个山水秀美的齐鲁大地。

斩断“戈尔迪之结”

经过一系列的治理，山东水污染的主要矛盾发生了变化，农业污染和航运污染，成为南水北调东线挥之不去的阴影。

让人揪心的是，从南四湖总磷和总氮的检测值看，水质总是五类水。

尤其是南四湖流域，耕地种植面积大，是山东重要的种植业区域，农业污染控制难度相当大。这就成为南四湖水质达标的主要威胁，也将直接影响 2013 年南水北调东线的调水水质。

烦恼的是，农业面源污染不好治，不像工业点源污染那样，易于控制，农民用多少化肥、农药，是无法强迫的。

2012 年 2 月 1 日，即农历正月十一，张东就开始思量全年种地该买多少肥料了。按照鲁西南的传统，正月元宵节之后，当地农民才会开启新一年的农忙。

张东是山东南四湖流域泗河沿岸的一名农民，作为村里的种植大户，算上承包邻里的近 30 亩地，张东 2012 年耕种的总面积在 40 亩左右。

2011 年秋收后，张东种了 24 亩冬小麦，共投入 7000 多元购买肥料，其中包括 100 斤装的小麦专用肥料、复合肥各 24 袋。

张东说：“这还不是全部的，开春小麦浇水时，每亩地还会再施 80 斤左右的氮肥。”

随着近年农产品价格的逐年提高，农民种地时对肥料早已不再吝惜。

在张东看来，肥料多了，农作物产量也会提高。实际情况却是，农作物产量的提升幅度，远低于肥料施用的增长速度。

2011 年秋收后，张东曾做过一次统计：当时，小麦平均亩产量在 400 公斤左右，较 2000 年前后每亩增产 50 公斤，增长幅度在 14% 左右。而在此期间，每亩小麦所需的肥料为 100 至 150 公斤，较之以前普遍翻番。

张东无论如何也不会想到，正是这些肥料、农药等种地不可或缺的东

南四湖湖内航道

西，如今却成为泗河乃至其最终汇入南四湖的主要污染源。

中国南水北调网的测算数据显示，南四湖流域每亩农田平均施用化肥150公斤、农药1至1.5公斤。每当湖水上涨，化肥、农药就大量流失入湖，成为湖水一大污染源。

农业面源污染治理，是一个全球性的环保难题。从中国农业种植结构和生产方式来看，想短期内完全消除农业面源污染，还不太可能。但必须采取有效治理措施，把其对东线水质的污染减少到最低限度。

还有就是航运船舶的污染。

南水北调东线，是利用京杭大运河作为输水河道，既是内河航运的“黄金水道”，又是南水北调的大动脉，大运河有了双重身份，却也产生了让人挠头的纠结。

一年到头，枣庄台儿庄大运河上，忙碌的船舶总是首尾相接，一艘很小的动力船，拖着长长的拖船队，在水里缓缓地移动。

根据枣庄市港航局的同志介绍：在水上，一马力可以拖20吨，这就是“黄金水道”的魅力。水运吨公里的成本只有5分钱，火车要一毛二，汽车要两毛五。

然而，船上人员的生活污水和垃圾，却会被随手扔进运河，造成污染。

这还不是污染的全部。更主要的是，船舶在航运过程中不仅会有油污，而且主要装卸的货物是煤炭、水泥等，装卸时会产生粉尘污染。

水上垃圾的处理，同农业面源污染一样，遭遇了难题。

比如说，枣庄市港航局要求，运行船舶要随船携带垃圾、油水登记簿，并在运河沿线设立垃圾回收点，对垃圾上岸船舶开具接收证明，作为船闸的通行依据。同时，当地还建起了船舶垃圾回收站。

但问题是，如果船主交出一部分垃圾、扔掉大部分垃圾，如何监控？船舶交出垃圾后，需要后方处理，垃圾处理费该收多少？城市垃圾是由市政等部门运营的，航运产生的垃圾该由谁运营呢？

于是，山东下决心进行农业结构调整，建立河区、湖区与保护带，基本隔断了种养殖业对南四湖的污染。

为这，微山县想尽了办法。

早在2005年开始，微山县就开始了测土平衡施肥技术，在全县几十万个取土点取样，测量出土地所需化肥量，再以发放施肥卡的方式告知每家每户，通过这项措施，全县一年减少了5800吨化肥施用量。

与2005年相比，2010年南四湖入湖河流COD浓度平均下降45.5%，氨氮下降89.3%。

但是，这还不够。2012年，微山又关闭南水北调沿线的118家畜禽养殖场。

与微山“强硬”手段不同的是，梁山县则采取生物方式消化农业污染源。

梁山段工程全长36.14公里，是东线主干渠进入东平湖前最关键的水质保障河段之一。梁山是山东畜禽养殖大县，现有工业化养鸡场、养牛厂、养猪场200余家，全年产生的畜禽等养殖废弃物达57.5万吨。

由于处理能力弱，大多数禽畜粪便随意堆放在田间地头或沟渠边。一下大雨，粪便就直接排入了河流，对环境造成严重污染，成为梁山地区水污染的主要因素。经过梁山县的反复实践，这道难题已被逐步破解。一项综合运用的系列生物技术，在梁山得到推广，即对畜禽粪便、生活垃圾、污泥等进行无害化资源利用，从而有效控制了面源污染。

梁山有一个环农畜禽粪便垃圾污泥集中处理中心，他们与当地群众签订畜禽粪便购销合同，以每吨高出市场价10元左右，收购农民的畜禽粪便。

在完成畜禽粪便场区集中堆放后，通过高温除臭、发酵等多道工序，每年生产出优质面源控制剂 10 万吨。计算下来，每年直接处理畜禽粪便及农业生产废弃物、生活垃圾 40 万立方米。当地种植户、养殖户和运输户通过收集和运输各个环节，每年直接收益达 5000 万元。

生态肥等系列生物产品，每吨价格为 1000 多元，比化肥低一半，产生的经济效益却十分可观。仅“环农”大豆一项，亩产量就比常规种植方式增收 10%，收购价又比市场收购价格高出 20%，农民每亩可增收 200 至 300 元。

2009 年至今，从采用“环农工程”生物技术产品，到大规模生产生物技术制剂，均在许多养殖户得到迅速推广。

变废为宝，生物技术不仅促进养殖业、种植业走上了良性循环之路，也为农业面源污染防治开辟了一条新通道。

生态渔业，是山东净化南四湖水质的又一招。

南四湖渔业养殖污染防控工作面大量广，涉及济宁市 5 个县市区、14 余万渔民、28 万亩网箱网围、52 万亩池塘，还有江苏省徐州市和枣庄市的 2 万渔民和 20 多万亩池塘、网箱、网围。

从 2012 年 3 月开始，山东打响了南四湖“网箱网围”清理规范的第一仗，有关县区、乡镇村干部和渔政人员齐心协力，冒着炎热酷暑，风里来水里去，克服重重困难，令行禁止，奋力拼搏。特别是微山县率先行动，积极做好渔民群众工作。

截至 2012 年底，南四湖区共清理规范网箱 68637 亩、网围 156200 亩，分别占到工作总量的 100%、99.5%。

同时，济宁、枣庄市还与江苏的徐州密切沟通，形成了工作合力。

各级财政等部门也从资金、配套、项目等方面给予积极帮助，开展标准化生态池塘改造。鱼台县结合实施省里支持的优质鱼项目，投资 2000 余万元，完成 256 个连片池塘的标准化生态池塘改造，养殖水面 4000 亩。

微山湖生态养鱼

济宁还开展湖库河渔业增殖放流活动。其中，南四湖人工增殖放流活动实施 9 年，微山县累计投放各类优质苗种 2000 余万尾（只）。同时，坚持南四湖上下级湖各 5 万亩的两个常年禁渔区制度，取得了良好的生态效应和社会反响。

清水，离不开必要的补偿。

早在 2007 年，山东省政府就确定，在南水北调黄河以南段及省辖淮河流域和小清河流域，实施生态补偿试点，对生态保护实施主体及受损主体支付一定的经济补偿，以促进节能减排，并保证南水北调水质。

2008 年，则在山东重点流域全面推行这一“生态补偿”机制，激励和推动重点污染点源和面源治理。

2010 年之后，山东不断健全完善了这一环境激励约束机制，加大了生态补偿的力度。

为加强南水北调工程沿线区域的调水水质，山东省还在 2013 年年初出台法规，将沿线区域划分为 3 级保护区：

核心保护区。

重点保护区。

一般保护区。

对其实行分级保护制度，禁止使用农药、化肥等农业投入。

快刀斩乱麻，连续的“组合拳”，让南水北调山东段的水质明显改变。

2011 年，流域内治理消除了劣 5 类水质，南四湖上级湖能够达到 3 类或 4 类水质标准。

生态的改善，让南四湖又回到了水清鱼肥的状态，让绝迹多年的小银鱼、毛刀鱼等鱼类再现湖中。夏天，人们能看到一望无际的荷花塘和芦苇荡。

湿地，生态治污的奇迹

对南四湖流域的治理，山东省的“人工湿地法”，很有耐人寻味之处。

在关停、淘汰落后产能的同时，山东积极寻求治污新路径。被世人称为“地球之肾”的湿地，进入了山东环保部门的视野。

湿地，是地球上具有多种功能的独特生态系统，具有很强的自净能力，利用湿地系统中的植物、基质、微生物、动物，利用众多的环境因子，通过物理、化学、生物等方面的协同作用，对水中污染物进行降解、净化，能实现对水质的净化，改善水质和生态环境。

建设人工湿地生态系统，可以进一步截留和降解入河污染物质，改善入湖水质和生态环境。

智慧来自实践，科学来自实验。

“保”，是山东生态治污的又一条秘诀。

微山湖的水面原来有 1266 平方公里。然而，在“以粮为纲”的年代，居住在湖边的农民为了获得耕地，一度在原始湿地上围湖造田，将河流两岸和湖滩区开发成农田，面积达 38 万亩，微山湖水面因此缩减近 1/5。

但这些被破坏了的湖区湿地，一年只能收上一季，甚至是“望天收”，一有自然灾害，就会绝收，因此老百姓叫它“赌地”。

微山湖流域没有入海口，污染物要全部“就地消化”，过度农业开发对湖区自然生态破坏严重。据测算，每亩农田平均施用化肥 150 公斤，农药 1 公斤到 1.5 公斤，每当湖水上涨时，化肥农药大量流失入湖，成为

滨湖湿地

湖水一大污染源。

新薛河是流入微山湖的 53 条河流之一。经过长时间的调研，张波决定在新薛河建立人工湿地，修复湖滨生态系统，通过发挥湿地的水质自净能力，从根本上改善微山湖水质环境。

为了摸清湿地在水质净化中的作用，在具体标准出台前，省厅决定，在济宁市污水处理厂建一个 30 多亩的湿地，进行模拟性试验。

人工湿地，对污染物的降解作用是非常明显的。

但许多人并不理解山东环保部门的做法，因为，他们看不懂湿地的希望和用途，甚至连一些环保专家也感到非常渺茫。张波率领专家们坚信这个项目有前景，坚决实施了这个工程。

一开始，张波从省环保得到了部分资金，又受到济宁市的一些经费支持，就开始了芦竹栽培的试验。这个芦竹既有净化水质的功能，又能作为造纸的原料，还能产生丰厚的经济效益。一亩地芦竹现在可能收益600元。

既能涵养水源、净化水质，又能为南水北调水质提供一道生态保障，岂不是一举两得？

刚开始，山东在南四湖新薛河入湖口建设人工湿地5000亩。以芦竹、芦苇、蒲草等为主构建挺水植物带，以藕、芡实等构建浮叶植物带，以金鱼藻、苦草等构建沉水植物带，形成挺水、浮叶、沉水植物立体搭配的优化配置，从而建立起生物多样性的湿地生态系统。

“化学需氧量去除率约50%，氨氮去除率60%多……”当一个个试验结果出来时，一条湿地生态净化修复水质之路，一条与经济发展、农民增收相结合之路，让人们豁然开阔。

2008年8月，该工程竣工并通过验收。新薛河入湖口人工湿地工程运行状况良好，水体中主要污染物去除效果明显，出水水质达到了地表水三类标准。示范区内：

植物种类比生态修复前增加72%。

鸟类增加近百种。

可是，刚开始“退耕还湿”时，农民们根本看不到希望，怎么办？

那就给予农民们生态补偿吧：

第一年，补偿其收益的百分之百。

第二年，补偿百分之六十。

第三年，补偿百分之四十。

2009年，微山县刘昌庄村农民孟凡合参加了“退耕还湿”工程，退还出自家在新薛河入湖口的耕地。他当年1亩耕地得到政府补偿500元，2010年补偿为400元，2011年为300元。

在政府的引导下，孟凡合和其他农民在原来的耕地上种植了荷花、芦竹、蒲草、芡实等湿地作物。

如今，退耕还湿，政府不再需要一分钱，但农民们的积极性却很高。

“我的收入不但没有降低，反而比以前提高了。”孟凡合说，“原先虽说是种庄稼，但一遇大水漫滩就颗粒无收。如今种植荷花，旱涝保收，莲子、荷叶、莲藕都可以卖钱，一亩地收入能有1000多块呢。”

现在，新薛河入湖口被开垦的耕地，已恢复成了万亩人工湿地。本来，直接排放至湖区的河水，现在则要绕行湿地并净化 1 个月后再进入湖区。在湿地内放眼望去，郁郁葱葱的芦竹一直蔓延到湖边，红柳、荷叶、水葱、香蒲、金鱼藻高低错落、生机盎然，游鱼时而划出道道波纹，水鸟优雅地在水面游戏，一派迷人的湿地风光。

微山湖湿地治污，成了湖泊通过生态方式治污的先行者。试验证明，通过种植不同的水生植物，湿地六级净化对污水 COD 的去除率约为 50%，对总磷的去除率为 60%，对氨氮的去除率为 65%。

湿地治污，把污染治理和经济发展结合起来，把解决农业污染与促进农民增收结合起来，实现了人的努力和自然净化的和谐。

现在，看到了湿地妙用的许多地方政府，都主动开始搞人工湿地了。

微山湖治污模式破解了中国重点流域水污染防治难题，走出了符合中国实际的治污新路。

以前的台田还原为了湿地，农民兄弟收益多多。

前两年，政府对退耕农民给予生态补偿，种植芦竹、杞柳、蒲草、芡实等湿地作物，用“地球之肾”过滤修复污染水体。

第三年，当优质造纸原料的芦竹进入丰产期时，环保部门与 3 家造纸厂签订了保护价收购合同，农民每亩收入可稳定达到 750 元。

人工湿地治污，有很大优势：投资少、效果快，运行费用低，且长期受益。投资几千万元建设人工湿地，就可以轻松地将污水 COD 从每升 50 毫克降到 20 毫克以下，这是常规污水处理工艺很难达到的。

算透了“经济账”和“生态账”，济宁全面推广了人工湿地建设。2006 年以来，在南四湖及重点河流，济宁共建了 17 处人工湿地；还重点推进 7 处人工湿地建设，即：老运河、泉河、老万福河、西支河、小沙河、大沙河和洸府河。

这样南四湖地区的水质有了极大改观。2009 年，南四湖在山东境内的 53 条入湖河流，均已经恢复并常见鱼类生长。国控台儿庄大桥出境断面，全年水质达到或优于三类水标准，达标率为 100%。和 2000 年相比，南四湖地区虽经济年均两位数增长，水质却改善 80% 以上。

水质的优化，鱼类人工增殖放流是最好的印证。

2011 年 9 月，在南四湖上下级湖，南四湖秋季放流活动同时展开。

此次放流，在上级湖投放青虾苗种 120 万尾；在下级湖投放乌鳢、鲤鱼、鲢鳙鱼 1090 万尾。

从 2005 年开始，山东省市县三级已连续 7 年对南四湖进行人工增殖放流。放流的品种，也由单一的草鱼、鲫鱼扩展到名贵的鳜鱼、鳙鱼等优良品种。2011 年，南四湖下级湖单船日捕捞量最高达到 750 多公斤，创近十年来新高。

微山岛乡万庄村的时继芬，一直在微山湖从事捕捞和水产养殖，至今，她还记得过去和污水打“游击”的辛酸事。“看到河道里来了脏水，我就得拉着网箱往别处跑。”这位憨厚的渔民说，以前污染严重时，南四湖里有些地方就像是倒进了肥皂水，全是人作的孽啊！

近几年来，时继芬再也不用担忧了……

当我们船行南四湖时，但见靠近岸边的湖面只有少许的养殖围网，近岸水生植物间水鸟嬉戏，湖水碧波荡漾，连接湖面与陆地的河道间，不时有渔民摇着小船经过。在微山岛周边的养殖区，我们用矿泉水瓶装了一瓶湖水，与矿泉水进行比较，可是肉眼几乎看不出它与清水的区别。

张永新一家，是南四湖的一户“船上人家”，在船上生活了 30 多年。

退耕还湿，泛舟湖中

一家人的两艘船并肩停靠着，船外挂着渔网。张永新说，早些年湖水被污染，水上生活也失去了光泽。现在看看变清的湖水，最幸福的，莫过于撑着船撒着网捕着鱼。

一湖碧波，增强了渔民们的生活希望和信心。这些年来，在岛上生活的渔民们也主动调整养殖结构，多养鱼，少养蟹，养护水下生态，为保护复得的环境尽微薄之力。

人工湿地还带动了旅游业的蓬勃发展，增加旅游收入，提高当地居民的经济收入。每到夏日，新薛河入湖口人工湿地游人络绎不绝，成为微山湖旅游的一个新亮点。

如今，微山湖共有湿地面积 30 余万亩。湿地也成为人们休闲娱乐的湿地公园。

湖，是济宁人心中一个永恒的情结。如今，他们也正在勾勒并建设着属于他们的未来主题——北湖生态新城。“北湖生态新城位于济宁城市南部，是规划的济宁城市主中心，规划总面积约 97 平方公里，行政辖区面积 57.3 平方公里。”

这个北湖生态新城，南接微山湖，北靠济宁老城区，京杭大运河和洸府河双河环抱，古运河穿境而过。

作为新一轮城市规划中的济宁城市主中心，北湖生态新城的发展定位是：“行政商务中心、科教文化基地、休闲度假胜地、生态宜居新城”，采取“引湖入城、筑城入湖”的发展策略，将北湖引入城市中心，形成“北湖湾”，展现运河之都、北方水城的特色风貌。

同样，在枣庄市城郭河泉上的人工湿地，人们看到，湿地里芦苇丛生，不时还有白鹭从芦苇丛中掠过。

家住前泉村的张红英说，这泉上人工湿地的前身是采煤形成的塌陷坑，好多年来都是荒滩一片。以前，附近还有个造纸厂，后来也被砍了。“也就在四五年以前，城郭河都是乌黑的，水还没整治，那时逮的鱼都不能吃。”

南水北调山东段调水沿线人水和谐的局面，生动诠释了科学发展的深刻内涵。

现在，每到夏季，微山湖湿地连片的荷花盛开，场面甚为壮观。走进老运河人工湿地，你看到的是：荷塘里“接天莲叶无穷碧”，苇草间白鹭翩翩飞翔，清水里鱼儿畅游……好一幅动人优美的自然生态画卷。

2010 年 6 月。鲁南滕州阳光灿烂。

19 日上午。山东滕州微山湖湿地红荷风景区。

中国滕州微山湖湿地国际健走养生大会，在这里正式拉开帷幕。

近千名健走爱好者，从全国四面八方汇集于此，领略微山湖湿地和谐的生态文化，体验健走养生的快乐，领略优良原生态环境的妙趣。

经过多年的保护和发展，如今微山湖的滕州红荷湿地，已经成为中国最大的国家湿地公园。

人们走进这里，既能欣赏到湖光山色，还可以观赏湿地景区内多样性的动植物。目前，景区内拥有各类植物 538 种。其中，国家级保护植物 9

南四湖

种，水生动物325种。如此优美的生态，这是10年前所无法想像的。

南四湖的生态明显改善了，东平湖同样是碧波荡漾、白鹭翩翩，微风吹过，滴翠的湿地芦苇随风飘荡。前来东平湖旅游的人也越来越多。

在泗水县的湖水中，人们还发现了对环境水质要求极高的桃花水母。桃花水母素有“水中大熊猫”之称，它的发现，是东线山东段水质持续改善的有力见证。

湿地，成了如今山东治污的有效“法定”。

5月的赵王河人工湿地，生机勃勃。走进这里的橡胶坝地段，但见河道两侧到处绿意盎然，河滩上齐腰高的芦草十分茂盛，百鸟鸣叫，野鸭等在湿地中或拍打着翅膀，或自由觅食，“咕咕”的蛙声，顿时让我回味起童年的乡村野趣。青蛙是对生态对环境要求极高的动物，连它都能在这里自由地生活，可见这里的环境真正变好了。

赵王河是菏泽城区的一条泄洪河道，也是荷泽3条主要的出境河流之一。可在这里的橡胶坝地段，原来则是发电厂的煤灰堆放处，环境脏乱差，周围环境污染非常严重。

为了不影响南水北调的水质，荷泽全市投资12.3亿元，新建人工湿地水质净化工程11处，对城市污水处理厂和工业企业处理后的尾水进一步净化。

位于下游的赵王河人工湿地，采用种植芦苇、蒲草等水生植物，通过湿地下游的橡胶坝抬高水位，形成河道滞留塘，对进入湿地内的水质进行净化，使得净化后的水质达到地表水三类水质后，再排入下游河道，进入洙赵新河，用于农田灌溉或工业用水。

山东就是这样，为了南水北调，他们将昔日的一条条“酱油河”、“浊流湖”变成汩汩清流。

治污注重过程，更看效果。这一次，在南水北调东线通水的大考面前，山东人自豪了。

泛舟微山湖生态湿地，湖面上青青的荷叶羞涩地舒展着身姿；连片的芦苇、蒲草娇翠欲滴，与轻风共舞；头顶上成群的白鹭、红嘴鸥等珍贵鸟儿，时而展翅高飞，时而俯冲水面，好一幅自然的美景。

2013年2月1日至3日，国家水专项办公室组织专家对南四湖水专项进行课题验收。

“南水北调东线南四湖水质综合改善方案及支撑技术与示范”等 3 个课题，全部通过任务验收及财务验收，以侯立安院士为组长的验收组给 3 个课题均打出了 85 分以上的高分。

从水质情况看，截止到 2012 年底，与东线治污规划基准年 2002 年相比，山东调水沿线黄河以南段 22 个考核断面，高锰酸盐指数和氨氮浓度分别下降 74.6% 和 91.8%。其输水干线上东平湖及韩庄运河等 9 个测点，均已基本达到地表水三类标准。

水清了的景是美的。然而，这一切的背后，离不开山东人的艰辛付出。

第五章

丹江口拒绝污染

当我们伫立汉江岸，面对一河圣洁的江水，面对“亭亭玉立”的淑女，面对相思之苦的求爱男子，面对养育了我们祖先、养育我们自己这一江的丰腴乳汁，面对流入库区即将送往首都的救命之水……

我们还能忍心糟蹋她吗？

告别黄姜之“痛”

丹江，一个诗意的名字；

丹江口水库，一个亚洲最大人造的湖泊。

她，俯卧在八百里伏牛山脚下，地跨河南、湖北两省，素有“人造海洋”之称。全库面积达 1000 平方公里，总库容可达 209 亿立方米，等于全国每人平均有近 20 吨水存放在这里。

丹江口水库的清流，来自美丽的秦巴山区的丹江与汉江。

当南水北调工程尚未启动之时，丹江口的水质就成了人们关注的焦点。随着南水北调中线工程的确定，丹江口的水质成了南水北调的生命。

黄姜企业集中在汉江流域，仅陕西全省就曾有 100 多家。

如何保护丹江口源头？黄姜加工污染始终牵动着人们的视线！

过去，因黄姜加工废水未经治理就直排，造成了汉江流域的严重污染。以每家按年排放 3 万吨计算，汉江上游总排放量就有 390 多万吨。以年产 300 吨计，平均日产皂素 1 吨，产生的 COD 相当于至少 40 万人口的生活排污量，其污染之重可见一斑。

黄姜加工废水，是国家一级排放标准的 300 多倍。在原本山清水秀的秦巴山区，一个小皂素厂污染一条河已屡见不鲜，很多河流中鱼虾不见，河边寸草不生。黄姜加工污水，对汇入丹江口水库的汉江、丹江等河流水质构成严重威胁。

美丽的秦巴山区，也是贫困的秦巴山区。当地均将黄姜作为了重要产业发展。

保护生命之源与加速经济发展孰轻孰重？要绿水青山还是要金山银山？

秦巴山区的人们进退维谷，左右为难，好不容易培植起来的“摇钱树”，岂能轻易砍倒？

怎么办？黄姜产业的存与废，对陕南、湖北十堰而言，是一个极其艰难的抉择。

切实采用清洁生产新工艺，解决黄姜生产污染问题，成为黄姜产业可持续发展的唯一选择，因此被称为黄姜产业的“最后一线生机”。

针对黄姜加工的污染问题，解决途径不外乎两个方向：一是末端治理，二是工艺改造。

2003 年，十堰市 10 家黄姜企业建设了末端废水处理设施，但这些

晨起

每套价值数十万至数百万元的设施，并没有发挥明显作用，排放出的废水仍高出国标的几十倍。

如何既要“绿水青山”又得“金山银山”？“鱼与熊掌”能够兼得吗？

面对南水北调的政治使命，面对关乎子孙后代的环保大局，摆在黄姜企业面前的路只有一条：

即主动适应形势要求，积极改进生产技术，走循环经济与清洁生产之路！

只有这样，才能从根本上改变黄姜产业的被动局面，在激烈的市场竞争中处于不败之地。

2004年5月，湖北省将“黄姜皂素清洁生产技术研究开发及示范工程”列入重大科技攻关项目，省科技厅和十堰市政府面向全国进行招标，中国地质大学（武汉）、武汉工程大学等5家单位组成的投标联合体一举中标。

一项新的科技成果要转化为现实生产力，往往要经过从实验室到工厂、市场的千锤百炼。

昔日废水之王

2004年5月中标后，中国地质大学（武汉）及地大环保科技公司20多名专家主动请缨，放弃大都市优越的生活，一头扎进了条件艰苦的鄂西北山区。

经过两年多的攻关，中国地质大学（武汉）王焰新教授领导的课题组，自主研发了“糖化－膜分离回用－水解”（SMRH）黄姜皂素清洁生产新工艺，在竹溪县建成了年产50吨皂素的示范工程，并投入生产运营。

有别于与传统工艺的是：此工艺使污染总量削减到传统工艺的1/4左右。

根据测算，使用这种新工艺后：

黄姜皂素收率平均水平提高了21%，皂素品质达到传统工艺水平；

盐酸用量减少65%，并全部回收再使用；

水的循环回用率超过85%，末端废水产生量小于70吨/吨皂素，经处理可实现达标排放或生产回用。

十堰黄姜的种植面积曾达到86万亩。按此推算，新工艺按照循环经济理念，将黄姜资源综合利用率提高到95%，将黄姜中淀粉转化成淀粉糖产品、纤维素制成有型燃料、皂甙转化成皂素，产生了新的经济效益。黄姜加工产生的副产品淀粉糖，一年的量即相当于节约粮食9万吨。

陕西省环保厅专门组织成立了课题小组，由省环境科学研究设计院牵头，先后与西北农林科技大学、长安大学、西北植物化工厂等科研院所进行合作研究，从改进生产和治污工艺入手，引导企业解决黄姜加工的污染问题。

2006年初，时任陕西省环保厅厅长助理的潘涔轩博士主持《黄姜皂素清洁生产研究》课题小组，开始在山阳县金川丰幸化工有限公司进行年产300吨皂素清洁生产示范工程建设。

抢救“药黄金”的背水一战，就此打响。自主创新、科技攻关，是面临的唯一选择。

陕西省环保局还专门设立了环保科技专项资金，先后投入专项科研经费600多万元。

经过近3年的科技攻关，困扰黄姜产业污染世界性的难题控制技术，终于被成功破解了。

采取这种新工艺后，皂素回收率大于 88.3%，达到了传统工艺水平。每生产 100 吨皂素；

可以回收纤维素 1500-2000 吨、淀粉 1400-1800 吨；

减少用水量 16 万立方米；

减少污染物 2960 吨；

增加企业收入近 500 万元。

与传统工艺相比，新工艺用酸量大幅度减少，实现了清洁生产倡导的节能、降耗、减污、增效的目标。

按陕西省黄姜皂素生产能力 3000 吨计算，年可以减少向汉、丹江排放 COD 近 9 万吨；若计入河南、湖北的黄姜皂素产量，年产皂素 5000-6000 吨，可减少 COD 排放 16-18 万吨，从而消除了黄姜加工对汉、丹江水质造成污染的重大隐患。

新工艺有效地治愈了黄姜产业的顽疾，从根本上扭转汉江与丹江流域黄姜污染的局面，成功破解了黄姜产业发展瓶颈，为陕南群众脱贫致富奔小康找到了一条新路。

从昔日的“药黄金”变成了无人问津的“烂草根”，从黄姜加工排污的“废水之王”，到重新成为资源节约型、环境友好型的发展项目，治理黄姜产业的污染顽疾，无论是湖北还是陕西，能够突破世界性难题的，除了地方领导的高度重视，引领这个关键的则是科技攻关！

山阳县金川丰幸化工有限公司，是黄姜清洁生产项目试验企业，董事长成传德感慨地说：“我一直坚信我们这个企业必须走科技创新的路子才能做大做强，才能长久生存，否则，只能是死路一条，也正是凭着这样的信念，使我们与环保科研人员一起走到了今天。”

“对环境的污染少了，再也不担心环保局来检查了，更主要的是生产利用率得到了空前提高，浪费被减少到了最低！”一位叫王军的企业家则这样说，“环保工作力度的加大不仅没有让黄姜产业萎缩，反而规模比以前更壮大了！”

当地的许多人还惊奇地发现，治污并不再是过去人们心目中的“非关即停”。

欣喜的是，汉江沿线黄姜企业已基本上实行了清洁生产。目前，全球皂素年需求量 5500 吨，并以每年以 5-10% 的速度增长，2011 年中国皂素产量 2000 吨。黄姜产业经过 10 年鼎盛期、10 年低迷期，现在正步入稳步“黄金”发展期。

撬动一个地级市的绿色转型

汉江，又称之汉水。她地处我国中部，位于黄河与长江两大流域之间，以包举四方、恢弘阔大的气象，包容了来自这两大河流的文明因子，形成了融汇四方的文化特色。

汉水，作为南水北调中线工程的第一大水源，在整个南水北调工程中，功不可没。

丹江口水库的水质必须总体保持在二类水平，方可确保北方数亿人吃上放心水、安全水、优质水。

多年来，汉江沿岸城市尤其是上游库区，为了保持水质达到二类标准，不得不艰难抉择，毅然关停污染企业，在挑战中求发展。

湖北全省 2400 多万亩土地属于汉江流域。而作为丹江口水库所在地

污水处理厂

的十堰市，更有其特殊的地位。

据有关部门测算：十堰市涉及南水北调水源区面积近2.1万平方公里，汇入丹江口水库的12条支流中，十堰市占10条，年均汇入丹江口水库水量328亿立方米，占全库年汇入量的90%。

如何做好水资源保护这篇大文章？十堰的责任崇高而神圣。

十堰有中国的“底特律”之称。上世纪60年代，我国汽车工业的谋划者出于备战的需要，欲寻一片手爪状的山沟建设新型汽车制造厂。于是，在这一片荒寂的土地上，现代工业从天而降。

这是一座为车而生的城市。几十年间，数百万辆汽车从这里驶出，一代代汽车工人在这里成长。车文化，铸就了这座城市生生不息的灵魂。

风风雨雨40年，十堰就像一只温暖的摇篮，摇出了一座汽车城，摇出了宏伟的“东风梦。”

然而，2003年9月，东风公司“迁都”武汉。3年之后的2006年6月，东风有限又移师江城。

以两大总部外迁为标志，“东风”终于走出了大山。

大山环抱的十堰城，顿时陷入了山一般的沉默。

现在，两大总部走了。十堰人割不断这份情，“东风”人也忘不了这份情。

十堰人从来没有像今天这样，关注自己城市的命运。

在丹江铝业公司第一电解厂厂区，停产机器排了近百米长，像一列火车摆放在车间内，许多机器上还残留着未清除的原料。一位工人惋惜地说，这些机器只能当废铁卖掉了，因为在新的工艺标准和环保要求下，它们已经没了“用武之地”。2007年6月24日，该市又彻底关停了丹江铝业公司第二电解铝厂。

这两家企业年销售收入近3.5亿元，上缴税收达1800万元，它们的关停，使得地方财税收入少了一大块，但关停却换来了污染物排放的有效减少。

在机声隆隆的两家企业的新厂区，由于采取了新的工艺设备，巨大的排污烟囱口几乎看不到冒烟，仰头望去，蓝天下，没有一条“白龙”或“黑龙”。

在丹江口市有一家电石厂，面对水源区环保的高门槛，要么选择治理达标，要么选择关门。这家企业的决策者毅然选择了前者。结果是，每吨电石增加成本 25 元，每天回收粉尘 10 吨。

不难想像，10 吨粉尘飘在这座城市上空会是一种什么情景。这家企业的老总说了一句话：不是门槛高，其实早就该这么做了。

为确保“一库清水送北方”，丹江口市以壮士断腕的勇气，先后关停了对水源污染严重的企业 100 多家，如小冶金、小造纸、小制革、小化工等；对大坝以上库区内有可能影响水质的 40 多家企业，实施排污许可证制度；限期治理排污不达标企业 13 家，关闭污染源 120 处，砍掉有污染的大小项目 81 个；还先后建成水污染防治和环保设施设施 30 余台（套），年削减 COD 排放 4000 吨，削减粉尘排放量达 14000 吨。

越来越多的人正在这么做。丹江口市新上了一批环保型项目，工业结构改善了，产业形态也提升了。

环保的门槛，也是产业升级的跳板。

由于十堰是水源核心区，水质标准要求高。

为呵护一江清水北上，近 6 年来，郧县婉拒 20 多个、近 10 亿元的

丹江口库区

环保不达标项目，关停了卷烟厂、造纸厂、黄姜等60多个环保未达标企业，关停了20多家矿山，对汉江沿岸涉水企业和市政排污口专项整治。

该县投资8600多万元，率先建成大型污水处理厂，推行农村垃圾无害化处理。严禁在汉江两岸新建任何工业项目，并整治汉江沿线建房、水上餐饮、网箱养鱼、河道采砂，打造碧水蓝天“坝上第一县”。

现在，郧县万元生产总值综合能耗下降3.9%，主要污染物排放量同比削减5.5%，水源地水质达标率为100%。

竹山县境内的堵河是汉江南岸最大一条支流，是国家南水北调中线工程的重要取水处。为确保一江清水北送，该县对堵河沿线医药化工、矿产等重点产业清理整顿，治理污染源。5年来，竹山县共关闭污染严重、治理无望的企业75家。

同时，该县还投资6500万元，新建了一座日处理能力为3万吨的污水处理厂，对工业废水和生活污水进行处理达标后，再排入堵河。

近5年，十堰市除关停污染严重的300多家企业外，还先后投入100多亿元用于水污染防治。全市整治800多个排污口，在47家重点工业废水排污口安装了在线监测装置；治理重点污染企业86家，完成治理项目300个；拒批50多个经济效益好却有污染的项目。

同时，十堰市启动了19个污水处理厂和垃圾处理场建设，已有10座污水处理厂建成使用。为防治农村面源污染，十堰市还在165个村新建9万多个垃圾处理池（桶）、65个垃圾中转站。

目前，水源地丹江口库区水质控制在国家二类标准，是全国最好的饮用水源地之一。

因车而建、因车而兴的十堰，曾经是湖北乃至中国的骄傲。

如今，十堰从理性的思索中发现了“意外”的惊喜：

南水北调中线工程上马，中部崛起战略的实施，给十堰带来了难得的发展机遇。

作为中部地区的老工业基地，十堰有可能享受振兴东北老工业基地的相关政策；

作为中部的贫困地区，十堰将享受西部大开发的有关政策；

作为南水北调中线的水源区，十堰将享受移民安置、水源保护等专项政策和配套政策。

还有“东风”的两大总部虽走了，但它在十堰的存量资产没走，作为主要支撑的商用车生产基地没走！未来 5 年，东风在十堰的投资将超过前 20 年的总和。同时，十堰市域内除东风外的汽车工业也集聚了巨大的发展能量。

政策效应叠加，机遇就在眼前。关键是怎么把机遇抓住，如何把政策用活。

人们看到，十堰有景色玄妙的武当山，有一湖清亮的丹江水，有丰富的物产资源。水电、旅游、医药、绿色食品等新兴产业也初具规模。挖掘资源优势，拉长产业链条，十堰经济发展将展现一片新的亮色。

人们发现，十堰并不只有“汽车名城”一张名片，还有“武当仙山”与“调水源头”另外两张名片。这 3 张名片都是十堰的骄傲与亮点。

然而，他们还没有擦亮，还没有升腾为充满强盛活力的希望！

就武当山而言，论名气，武当不逊峨眉、五台。五岳之上有大岳。

作为大岳的武当，古往今来，创造了多少美丽的神话和传说。武当如空谷之幽兰，如天籁之余音。云在脚边绕，人在天上行。那一份空灵，那一份玄妙，滋润了多少文人墨客的梦境。

然而，年复一年，武当山旅游温不温，火不火。眼瞅着峨眉、五台游人如织，甚至，一个名不见经传的河南云台山，一时间也被游客围得如铁桶一般。

十堰人怎么思考的呢？

身边守着一份世界文化遗产，的确是十堰人的福气。企业总部可以搬迁，生产要素可以流动；但是，谁能搬走武当山呢？

就丹江口水库而言，一个 1000 余平方公里的人造湖泊，一个将荡漾在秦巴山怀抱中的浩瀚海洋，浮仙山琼阁，腾紫气氤氲，那是何等的壮观。

这一湖清水，走中原，越燕赵，绕山过岭，直奔共和国的首都。

这南水北调的一湖清水，对十堰意味着什么呢？

在南阳父母官们用矿泉水瓶子灌上丹江口水库水的时候，在他们大张旗鼓地向北京送水的时候，或许十堰人还没想到，原来“水源区”的牌子也是可以创造价值的。

过去，丹江口这个名字并没有多少人知晓，可如今全国有多少双眼睛在盯着它！随着南水北调中线工程的加速建设，它的知名度已经如日中天，甚至连西方人也在关注这个名不见经传的小城。

在南水北调工程中，十堰的地位非同寻常。中线的关键在加坝，加坝坝址就在十堰的丹江口。它是标志性工程所在地。同时，它也是淹没重点区，更是水源核心区。十堰所辖5县1市2区，均在中线工程水源区范围。

十堰，拥有天下第一仙山武当山和令人心驰神往的秀丽汉江，生态资源得天独厚、物华天宝。

“十堰最大的优势是生态，十堰的发展要着眼于人、社会与自然的全面协调。”从“十五”期间开始，十堰就提出“生态立市”的发展思路，以生态为导向，走新型工业化道路。

十堰，山高水远，地大物博。但十堰“大”的是山场面积，可耕地少得可怜。全市人均耕地0.6亩，比全省平均水平少0.49亩。就是这个人均0.6亩，也是一半以上为旱坡地。丹江口大坝加高蓄水，12.46万亩土地要沉入水底；十漫高速公路和襄渝铁路复线，也要占用2万多亩土地。

面对城乡统筹、人多地少，十堰怎么发展？

黄姜产业发展的历程让人们警醒：绿色发展，和谐发展，是十堰的不二选择！

十堰人站在历史、现实和战略的高度，将生态保护提升到一个新的战略高度，把生态保护与转变发展方式有机结合起来，与保障改善民生紧密结合起来，积极转变经济发展方式，以培育生态产业为核心，着力构建生态经济体系。

一批污染严重的矿产企业被停产整顿，一批重大项目被限批，多个污染严重的拟建项目被拒批；先后新建多座污水处理厂和垃圾处理厂；先后完成了对东风公司多氯联苯1号、4号填埋区危险废物的安全转移处置，消除了丹江口库区最大的环境隐患；环保执法监管力度进一步加大，重点流域区域污染防治全面推进……

短暂的阵痛，却迎来了无限地生机与活力。

近几年来，十堰主要污染物总量减排连年超额完成，大气质量逐年好转，水污染防治成效显著，农村和城市生态环境大大改善，生态保护优化经济发展作用日益显现。一批批产能落后的项目相继淘汰，一家家企业主动创新科技、扩能升级……

生态农业成最爱。依托独特的自然资源优势，十堰大力发展现代有机农业和农产品加工业，做大做强茶叶、中药材、核桃、山羊等特色产业，培育了一批较强市场竞争力的特色农产品，实现了特色资源向经济优势的转化。

生态工业成重头戏。坚持以汽车产业为主导，以结构调整为主线，加快构建生态工业体系，全力打造国际商用车之都。同时，大力发展水电、生物医药、绿色食品等特色产业，鼓励发展低能耗、低污染、高效益的企业。

生态保护带来环境优化，环境优化提升城市魅力，成就投资洼地、催生经济高地。

虽然“东风”两大总部走了，但“万向”、“双星”、“农夫山泉”

武当春色

等一批优势企业又进来了；

“三环”专汽10万辆整车扩能、东风小康30万辆发动机等一批重点项目建设，“大运”汽车、苏酒集团相继落户十堰；

十堰经济技术开发区成功晋级国家级经济技术开发区；

2013年1月28日，双星彩色轮胎美国市场20万套首发仪式隆重举行，标志着双星彩色轮胎成功挺进国际高端市场。

2月28日，十堰33个项目集中开工建设，总投资173亿元。

生态旅游受热捧。灵山秀水，大美十堰。

十堰发展的绿色转型，就是打“秀水牌”，打“名山牌”。

十堰发展旅游，武当山是当之无愧的龙头。武当山招商引资进入新境界。

山上山下，20多处古建筑正在修缮复原，具有全国一流水平的游客服务中心、风格别致的“金街”、五星级酒店、武术交流中心、国际会议中心、民俗文化中心、影视中心，都在为武当旅游增添了新的韵味。

武当灵山频频闪现在国内及港台各大媒体，中国武当功夫艺术团在欧

千年古街

美亮相。

2013年4月12日，香港英皇集团与十堰签订英皇·武动十堰项目合作意向书，计划在十堰投资50亿元打造亚洲最大规模的武术文化创意旅游景点。

“亘古无双胜境，天下第一仙山”，武当旅游不断地向世人递送着观光赏景的邀请函。

“问道武当山，养生太极湖”，已成为十堰旅游的代名词。

武当，开始“显灵”了。2004年，武当山接待游客66万人，实现门票收入2800万元，创历史最好水平。2005年，武当山游客人数增至73万，门票收入3661.4万元。2011年，武当山全年的游客接待量354.6万人次，旅游收入18.6亿元，与2010年相比分别同比增长54.2%、57.6%，也分别是2003年的14倍和8.5倍。

何止是武当山景区？十堰的县域旅游同样如日中天。

2011年，丹江口市共接待海内外游客460万人次，旅游收入24亿元，位列各市县第一；房县彰显特色，独创“诗祖故里”景区，魅力四射，年实现旅游综合收入5.5亿元；郧县精心打造特色景区，深度开发郧阳文化，年实现旅游收入6亿元……

从2002年到2011年，十堰全市累计接待国内外游客8858万人次，年均增长16.5%；旅游收入458亿元，年均增长22.6%；旅游总收入占全市GDP比重由2%提高到13.13%；旅游综合水平在全省排名由第8位上升至第3位。

2012年，十堰市共接待国内外游客2333.33万人次，实现旅游综合收入161.19亿元，同比分别增长25.17%和35.14%。

还有，在2010年至2012年的3年间，十堰共有25家景区升A创A成功，升A创A景区之多是十堰前5年的总和，居湖北全省首位。

如今，旅游业已经成为十堰仅次于工业的第二大支柱性产业。

“既要绿水青山，也要金山银山！”

在生态保护中发展，在发展中保护生态，十堰人奋力实现了“双赢”。

2011年12月，十堰市先后获得“全国十大低碳城市”、“联合国环境署中国区环境规划优秀示范城市”等荣誉称号。

从汽车产业一主独大到多元化产业格局逐步形成，十堰的决策者们把准时代脉搏，主动追求转型发展，完成一次又一次的华丽转身。

诚然，促进十堰经济绿色转型的因素是多元的，但最为重要、最关键的一点，就是南水北调中线水源地保护，成了十堰“转型”最亮的点、最好的契机!

走进如今的丹江口市，“中国水都”4个大字，赫然醒目，令人激情满怀。

南水北调，竟然调出了一座“水都”。这既有大自然的恩赐，也开发了十堰人的智慧。

如今，一个美丽新十堰正在武当山麓、汉水之滨散发出耀眼的华光!

水，成了十堰人雷打不动的“一号工程”；水，给了十堰一次重新打理河山的机会。

水，正在成为十堰市县域经济的一大“引擎”，撬动着十堰发展的绿色转型，并不断地演绎着动人的佳话。

为了庄严的承诺

保绿水青山，护一库清水。

这是南水北调中线源头鄂豫陕3省对中央的庄重承诺。

为了这个承诺，丹江口及水源区中上游的汉江和丹江人民可谓不辱使命，不遗余力地推进生态建设和环境保护。

始建于1958年的丹江口水利枢纽工程，是经过鄂豫两省10万大军10年的艰苦奋斗建设而成的。工程于1973年建成以后，汉江回水177公里，形成了汉江水库；支流丹江回水80公里，形成了丹江口水库。30多年来，两库和谐相处、唇齿相依，一直作为华北人民的备用水源。1967年，丹江口水利枢纽工程下闸蓄水，鄂豫两省人民为了全局利益，离开了祖祖辈辈栖居的故土，迁居异乡，安家落户。今天，三座城早已沉入“海”底，映入眼帘的是碧波万顷，烟波浩渺的一湖春水，像天空一样碧蓝明净，锦缎般闪着耀眼的光辉，身临其境，有如走进大海一样，撩人豪情万种。

2012年9月18日，南水北调中线工程移民搬迁宣告结束了。

华北的人民盼望着，2014年汛后，清澈甘甜的汉江水将从丹江口水库一路向北，润泽京津。

汉水汤汤，源远流长。汉江流域面积达17.43万平方公里，流水量与黄河近似。

如何保证北中国的这口“井”清澈甘甜？水源区与流域沿线人民顾全大局、甘于奉献、勇于担当，除了“为国家让路”，搬迁了34.5万人的移民外，在整治污染环境上，在建设生态源头上，均奏响了优美的旋律。

“春前有雨花开早，秋后无霜叶落迟。”这是古人赞扬南阳良好气候条件的诗句。

南水北调中线工程水源地，共涉及河南省南阳、洛阳、三门峡3个省辖市的淅川、西峡、内乡、邓州、栾川、卢氏6个县(市)，流域总面积7815平方公里。其中，南阳地位相对突出。

南阳，位于中国东西接合部、南北气候过渡带。这里北靠伏牛山、东扶桐柏山、西依秦岭、南临汉江，素称南阳盆地，是一个相对独立的地理单元，形成了独特的“小气候”。

淅川县投放300多万尾鱼苗净化水质

同时，南阳是河南省河网比较密集的地区之一，跨长江、黄河、淮河3大水系，水资源总量68.43亿立方米，地表水天然水质良好，水资源蕴藏量、人均水量居全省首位，是淮河发源地，也是南水北调中线工程水源地和渠首所在地。

南水北调是举世瞩目的世纪工程，中线水源区涉及南阳市的淅川、西峡、内乡、邓州4个县市，中线总干渠在南阳境内全长185公里，控制流域面积7630平方公里，约占南阳市总面积的29%。作为南水北调中线工程的主要水源地和渠首所在地，南阳市的环境保护工作，一直受到世人关注。

在淅川县九重镇丹江口水库渠首闸以北不到200米，有一座年产8万吨的汤山水泥厂。厂子虽小，年上缴利税却有200多万元。但这个厂是渠首闸周围最大的污染源，为了让碧波浩淼的丹江口水库永远清澈，镇里毅然对该厂实行了关停并转。

从2004年开始，南阳市率先在全国将理论界争论中的“绿色GDP”付诸实践，把环保工作列入党政领导政绩考核内容，与个人考核、任免、晋升相挂钩。

近几年来，南阳市先后强制关闭了800多家重污染的“十五小”企业，大规模整治酿造、造纸、制革和制药等280多个重点污染源，确保了水源区90%以上的地表水质达标。与此同时，11个县市的垃圾处理厂和污水处理厂全部建成投用，有效减少了水污染。

淅川，在南水北调示意图上，只是个小小的圆点。

而它，近年来却因是南水北调中线工程渠首所在地而广为人知。丹江水在此汪洋成海，静候北上，润泽京津。

淅川县位于河南省西南边界，是豫、鄂、陕3省的接合部，总面积2820平方公里。这里气候温和，山峦起伏。淅川是南水北调中线水源地和渠首所在地，是商圣范蠡、史学家范晔的故里，是楚始都所在地和楚文化发祥地，有众多独具特色的人文景观、自然景观，名胜古迹星罗棋布。

在环抱丹江口水库的淅川县，因为“七山二水一分田”的现实，利用富饶的山林资源和水资源致富，一度成为无奈选择。淅川县地貌特征是坡度陡，地质以易风化的砂岩等为主，水土流失问题不容乐观。

一渠清波，自淅川县陶岔渠首向北溢出，由方城山口抵郑州，走华夏，穿黄河，越华北，穿行 1400 公里后，终极融入首都的碧水云天。这是 2014 年汛后的场景。

绿色渠首，淅川扮靓。这是南阳的承诺。让一江清水入库，让一渠清水北流，这是淅川人孜孜的追求和真实心声。

淅川的旋律之美，不只在移民中交出了令人满意答卷，还在于敢于壮士断腕、忍疼割爱，治污不手软。该减的减，该关的关，对所有污染环境、增加资源负荷的项目，一律说“不”！

淅川人清醒地认识到：严峻的环保大考面前毫无退路，时代的抉择面前必须壮士断腕！对丹江口水库周边的污染企业，一律毫不留情地实施关停并转。

一位叫王新岳的老板在渠首开办宾馆，每年的利润在 400 万元左右。为了保护丹江口水库的水质，王新岳听工作队员到他家讲明政策后，二话没说，就欣然在协议书上签了字，拆掉了投资 300 多万元的六层楼。

王新岳说：“一个人不能白活着，应该为国家做点贡献，宾馆没了还可以重建，南水北调关系千家万户喝水的事拖不得。”虽然现在每天损失

希望的田野

1 万多元，但王新岳谈起未来仍非常乐观。

在南阳，像王新岳一样的群众还有很多。他们个个顾全大局，深明大义。

一份全市的数据显示，淅川县近年来在水源区 3 省率先关闭了所有的黄姜加工和矾矿冶炼企业。同时，坚决杜绝新上一切污染项目，先后否定了 16 个大型建设项目选址方案，终止了 23 个中型建设项目进驻水源保护区，有效控制了水污染。

为了确保一渠清水，县里从财政中抽出 4000 多万元，建设了一个现代化的污水处理厂，对县城内的城市污水进行集中处理。在这个污水处理厂，可以随时对处理后的污水进行人工和自动监测，保证污水处理达到零排放。

企业关闭了，税收减少了，失业人数增多了，淅川的今后怎么办?

丹江口库区淅川县香花镇张义岗村

淅川确立“生态立县”理念，响亮提出了“既要绿水青山，也要金山银山”的口号，着力打造生态经济示范区。绿色产业，随之成为淅川强劲发展的活力源泉。

绿色工业引领经济高速增长。实施扶优扶强战略，做强环保工业园。淅川以县产业集聚区为平台，重点打造三大工业园：淅铝工业园、淅减工业园、福森新能源工业园。淅川的宏伟构想是：5 年内，建成产销突破 100 亿元的新型现代化铝城，建成产能突破 100 亿元的中国最大汽车减振器生产基地，实现药业产值 20 亿元。

发展高效生态农业。淅川将生态农业与群众致富有机结合，在巩固发展柑橘、辣椒、湖桑等传统产业的同时，引导发展茶叶、金银花等高效生态农业，引来 50 多家企业规模化发展。至 2013 年初，已签订种茶合同 10 万亩，整地 7 万亩，种植 3 万亩；种植金银花 2.3 万亩；引进淡水鱼类匙吻鲟苗种 100 万尾，建育苗基地 2 个、育苗 1000 亩。茶叶、金银花、丹江鱼已经成为淅川的“生态三宝”。

“种茶，为俺村找到了一条保护水质、发家致富的好门路。”望着漫山遍野的茶园，淅川县毛堂乡毛湾村农民张富有高兴地说，从栽苗到采茶，从田间管理到土地收租，一年下来人均收入 1 万多元。

利用渠道与水源地的优势，淅川县还大力发展生态旅游业。2012 年，淅川县累计接待游客 405.5 万人次，实现综合效益 20.2 亿元，同比分别增长 28%和 29.2%，旅游业对财政贡献税额达 5822 万元。

淅川县一刻也没有放松水源地的生态建设。

每年以 12 万亩的速度强力推进造林绿化。“山顶防护林戴帽子，山腰经济林围裙子，山脚生财林穿鞋子”。淅川的生态农业体系已经形成。全县森林覆盖率由“十五”末的 32.8% 增加到现在的 51.3%，营造林和新造林连续 4 年居全省第一。

境内的丹江、鹳河等 73 条中小河流，其流域均得到有效综合整治。

对库区 35 万亩消落地，实施水草带、芦苇带、垂柳带等“五带”生态建设，库区沿岸生态景观带正在形成。

在渠首陶岔，淅川县万亩生态示范工程已经开工。不久的将来，渠首将会山更绿、水更清。

如今，淅川人实实在在地尝到了“绿水青山就是金山银山”的甜头。无山不绿、有水皆清、四时花香、万壑鸟鸣的渠首，正成为旅游业的聚宝盆。

作为南水北调中线工程水源涵养区的西峡县，设置绿色“门槛”。产业集聚区入驻项目设置了“三道防线”：

符合国家绿色产业发展方向，禁止一切高污染项目；

对高能耗的项目严格评判，实行“高门槛”准入；

凡对生态环境产生不良影响的项目，一律不得进入；

“十一五”以来，全县相继取缔了16家重点污染企业和786个“十五小”企业。

同时，鼓励以“公司+基地+农户”的产业链条涵养生态和水质。2012年，在全县涉及工业、农业、旅游、城建、民生、环境保护等70个重点项目中，“绿色项目”达70%以上。

“建设绿色渠首，确保一湖清水”的理念，如今在南阳已深入人心。

秦岭南麓，俗称陕南。

陕南面积69929平方公里，分布着陕西的汉中、安康、商洛3市，辖28个县（区），人口922.67万。处于关中－天水经济区、成渝经济区和江汉经济区的交汇地带，又是南水北调中线工程的重要水源涵养地。

陕南，生态有大美，文化蕴神韵。

如果说陕北是秦人的头，关中是秦人的腰，陕南则是秦人的腿。

陕南地理位置特殊，北依秦岭、南屏巴山，汉江水系穿境而过，具有南北气候交汇的地理特征。在全球普遍受到环境污染、生态破坏的今天，陕南山清水秀的自然风貌不可多见。在那里，竖立着中国“水塔”，建造着中国“绿肺”，还有两汉三国文化的“神殿”和“文脉”。

因地理位置、自然环境因素，秦巴山区有黄河、长江两大流域约50%的生物物种活动踪迹。物种数量占全国的15%左右。秦岭山区被《全国生态环境保护纲要》列为首批12个国家级生态功能保护区。

说南水北调水源地保护，秦岭是绕不过去的话题。

这座横亘中国腹地的庞大山系，西起甘肃，穿越陕西，东至河南，绵延1600多公里，以摧枯拉朽之势，把中国大陆一分为二，成为中国南北地理分界线和气候分界线。

美丽的汉江水，从秦巴山间的崇山峻岭中萦绕迂回，怀着对大山的眷恋，穿越陕鄂豫，缓缓地流进被誉为“亚洲天池”的丹江口水库。

有人说，秦岭是中华民族的父亲山、华夏文明的龙脉。它与欧洲阿尔卑斯山、美洲落基山并称地球“三大名山”。

秦岭东西方向横穿了整个陕西，其区域面积占到了全省总面积的28%。发源于秦岭山上的千万条河流最终都向南流入汉江、丹江，而北下则最终注入了渭河，或分流进千家万户的炉台。丹江口上游是南水北调主要的水源地，流域面积和水库、水量占丹江口水库的70%……

保护好秦岭，对于维护南水北调中线工程水质，意义与价值非同凡响。

陕西宁强县东北面的汉源镇马家河村，是一个神奇的地方。这里，云遮雾罩，竹林丛生，翠色欲滴，神奇的山峰巍峨壁立，势如腾龙。在一座石崖上，一股清水自崖隙中喷射而出，茂林修竹中，汇成一条清泉，蜿蜒爬行，奔出米仓山，然后绕宁强，纳百川千谷，一路轻歌曼吟，一江碧水，波涛连天，滔滔东去，经汉中，过安康，奔腾3000余里，最后融进浩瀚的长江……

她，自然会让人联想到长长的飘带、洁白的哈达。多美！多圣洁！

在古代，长江、黄河、淮河、汉江曾并称“江河淮汉”，名闻天下。

汉江流进21世纪，肩负起这项梦幻般的神圣使命——作为南水北调中线的重要水源，它与丹江携手北上，经过上千公里的长途跋涉，来到华北平原，接通与共和国首都的血脉。汉江再次被推上了历史的前台。

为了使汉江水资源得到绝对保证，早在2005年12月，陕西省就出台了《陕西省汉江丹江流域水污染防治条例》。汉江和丹江有史以来第一次受到了法律保护。很快，沿江401家污染企业被依法关闭。

2007年11月，《陕西省秦岭生态环境保护条例》又出台。为一座山脉立法，这在中国尚属首例。

地处汉江源头的汉中，境内干流长270公里，流域面积1.96万平方公里，占全市总面积的72%，占丹江口水库流域面积的21%，位列安康、商洛、南阳和十堰之首，是国家南水北调中线工程重要水源涵养区。

一方水土养一方人。

汉中多水，汉中人均水资源量达到3900立方米，超过全国、全省人

迷人的夏日风光

均的 2 至 3 倍。汉中人的性情自然与水相关。

发源或流经汉中的著名江河有汉江和嘉陵江，有名有姓的河流也有近百条，横缠竖绕的小河大溪、飞瀑流泉则无以数计。这些河溪，像一群急性子的顽童，一路欢歌奔窜，越过森林，跨过丘陵，走过平原，急急投入汉江母亲的怀抱，汉江又一个不少地将它们拥抱怀中，匆匆交给长江。

如果说秦岭是陕西的地标，那么，汉江则是汉中的标志。坐落在中国南北交汇点上的汉中，其生态和历史地位举足轻重。

因为秦岭，汉中更加雄奇；因为汉江，汉中更加灵秀。

“水是眼波山是眉”，像爱护眼睛一样爱护山水，已成为汉中人的习惯。走进汉中，就是走进绿色的深海，会看到一个别样的生态世界：

这里的每一座山，每一道水，每一珠露，都是一个个绿色的音符，弹奏着一曲曲天人合一的交响乐！

曾经轰动一时的历史文化电视专题片《大秦岭》，把一个半章节的巨大空间，慷慨地让给了汉中盆地。这份荣耀是非此莫属的。因为，这里是造纸术发明者蔡伦的封地和葬地；丝绸之路开拓者张骞的故乡；智神诸葛亮的营盘；是大汉江山的发祥地。

及至现代，这里又是世界珍禽“东方宝石”朱鹮生息的家园，是“南水北调”的主要水源地之一。

上世纪 90 年代，林业是汉中宁强县的财政支柱。因过度采伐导致山林稀疏，水源得不到涵养，平日里江浅水少，遇暴雨山洪肆虐，冲荡下游。

为了“确保一江清水”的庄重承诺，近 10 年来，宁强县痛定思痛，狠下决心封山育林，取缔水源地保护区内的造纸厂、油漆厂、果酒厂、电器厂等数十家企业，禁止利用阔叶林生产香菇，禁止烧木炭，并推广烧煤、烧沼气，积极帮助农民转产，以利山林休养生息。

1999 年以来，宁强县又相继实施了退耕还林和天然林资源保护工程。2006 年，宁强县出台政策，严禁汉江沿岸生态公益林的一切砍伐和打枝割草。

如今，宁强 357 多万亩林地中，生态公益林面积为 233 万多亩，确保了汉江流域的水源涵养和水土保持。

宁强县累计投入水土保持资金 3 亿多元，退耕还林 252 万亩，先后治理水土流失面积 1628 平方公里，全县森林覆盖率达到 58.3%，植被覆盖率达到 80%，水源涵养能力显著增强。

宁强仅是汉中强化汉江水源保护的一个缩影。

长期以来，受自然和人为因素影响，水土流失依然严峻。汉中市现有水土流失面积 1.25 万平方公里，汉江流域占到 0.96 平方公里，涉及 11 个县区，占整个中线工程水源区流失面积的 20%。严重的水土流失，引发了耕地、生态安全和调水危机。

无论是长江三峡工程流域治理（简称“长治”），还是丹江口库区水土保持工程（简称“丹治”），都是国家保护生态环境建设的重大行动。汉中人抢抓机遇，勇挑治理水土流失重任。

今天人养山，明天山养人。

这是人类与自然唇齿相依的千古绝唱，也是当今汉中人保护生态的真实写照。

“十一五”以来，汉中市共完成“长治”项目小流域 211 条，治理水土流失面积 3896 平方公里，占计划任务的 112%，完成总投资 5.45 亿元；累计投入工期 7045 万个，移动土石方 9221 万立方米。

2012 年，汉中市共完成 27 条小流域治理任务，总投资 18438 万元。其投资总额和目标任务，均超过了一期工程的总和。

按照规划，“丹治”二期工程可治理水土流失 1780 平方公里，年均治理水土流失达到 460 平方公里，在项目区，每年减少水土流失 700 万吨，植被覆盖率要提高到 22%，使 12 万贫困人口通过“丹治”二期工程跨越温饱线。

自“十一五”以来，汉中市累计治理水土流失面积 8953 平方公里，治理河道 413 公里，河流水生态明显改善；全市森林覆盖率达 58.18%，水源涵养能力显著增强。

服务国家南水北调大局，全力保护好陕南青山绿水。这是建设美丽中国的需要，也是陕南的神圣责任。

为确保“一江清水送北方”的庄重承诺，陕西省在汉江、丹江水源地累计关闭污染企业 241 家，治理小流域 348 条，有效控制了环境污染和水土流失。陕西 2012 年还开始实施耗资 188 亿元的汉江综合整治工程。

鉴于陕、鄂和豫 3 省交界处的丹江口库区及上游地区，位于秦巴、伏牛山区，是南水北调中线工程的水源区，但受多种因素影响，这些地区经济社会发展水平总体较低，2013 年 3 月 5 日，国务院印发了《关于丹江口库区及上游地区对口协作工作方案的批复》，正式批准实施该方案。

《规划》的出台，对陕南地区是个重大利好，因为它意味着，陕南的发展纳入了国家战略层面，已上升为国家战略。

无疑，《规划》的出台，为陕南 3 市的经济宏图描绘出了更清晰的轨迹。

安康市：

建设新型材料工业基地。

建设特色生物资源加工基地。

建成上游地区交通枢纽和物流中心。

汉中市：

建设重要的装备制造业基地。

建设循环经济产业集聚区。

建设重要的物流中心。

建成生态宜居城市。

商洛市：

建设优质绿色农产品。

建设新材料工业基地。

建成秦岭南麓生态旅游城市。

整个陕南的发展上升为了国家战略。这给陕南提供了历史以来最好的发展机遇。仅靠一省之力发展陕南，力量毕竟有限，《规划》上升为国家层面后，推动陕南的发展就不再是一省之力了。

陕南地区是全国6大连片贫困地区之一，28个县区中，21个属国家扶贫开发工作重点县，400多万群众至今还居住在生产生活环境恶劣的深山区。陕西省委、省政府通过多次研究部署，下决心到2020年，实现陕南地区搬迁安置移民60万户、240万人的总目标。

目前，这项历时10年、涉及240万人搬迁的巨大工程正在陕南如火如荼地进行。

陕西省级财政在每年安排补助资金29.6亿元的基础上，采取了中央统筹、地方配套、项目支持、对口支援、群众自筹等多种途径，捆绑资金，向移民搬迁安置点集中安排。

2012年，陕西从大山深处共搬迁群众8万户29.5万人；2013年的840个集中安置点也都破土动工。所有的移民安置点都围绕工业园区、交通沿线布局，方便就业，拔掉“穷根儿”。为确保移民户搬得出，政府加大建房补助力度，搬迁户只需承担房屋造价的1/4左右。对于无建房能力的特困户，政府免费提供30至50平方米的住房。

通过移民搬迁，陕南城镇化率每年可提高2至3个百分点。

南水北调，浩浩江水向北上。

这是人类的一个壮举，更是世界的一个奇迹。

清冽甘甜的江水，是人与自然经年和谐的结晶，更凝聚着陕南人浓浓的奉献真情！

为了国家，为了民族，汉江和汉江儿女无私地奉献着自己。这是汉江的壮举，也是汉江儿女的壮举。

一曲汉水丹心的秀美篇章正在这里谱写。

尾篇

“美丽中国”，一个久违的词汇，一个令人憧憬的乐园。

“美丽中国”，呈现的是生态文明的自然之美。

“美丽中国”，体现的是科学发展的和谐之美。

“美丽中国”，展现的是温暖感人的人文之美。

春天里，我置身东线源头的江都水利枢纽，阳光明媚之中，通扬运河与芒稻河静若处子、波澜不惊，抽水站里到处佳木郁葱，绿草如茵，花丛中彩蝶飞舞，草坪上小鸟漫步，就连空气里也透着一股股清香，沁人心脾。尤其是河岸边那成排的垂柳，犹如爱美的扬州女子，梳理着长长的青丝；让人油然而生“沾衣欲湿桃花雨，吹面不寒杨柳风”的美感。走进这里，我们就仿佛走进了一个“世外桃源”。

春天里，我走进滕州微山湖湿地，10 万亩野生红荷、数十平方公里的芦苇荡惊现眼前，不知名的水草，在那浅浅的流水里恣意摇曳；大片大片逶迤的芦竹，任性生长，棵棵高高的，壮壮的，径直向上；善于铺陈的芦苇翠绿，满眼皆是，任意奔向到湖岸水处；还有葳蕤、茂腾的蕨类植物，宽厚的叶子，在阳光照射下，或显得赭红，或露出青绿的颜色。

登上海军弃用的舰艇，穿越在烟波浩淼的湖面之上，春风如意拂来，湖水碧波荡漾，极目远眺，波光粼粼，鸥鹭翔集，风光旖旎，万千气象。

春天里，我穿越在鲁西南的原野之上，透过车窗凝望大地，绿色的田野，纵横的阡陌，整洁的村庄，清澈的河流，碧波的湖水，还有一处处大小不一的湿地，不时地从眼前闪过。看聊城泉林纸业“生物指示池”，水中水草茂密，鱼翔浅底；观荷泽赵王河人工湿地，飞鸟争鸣，蛙声一片。

春天里，我走进燕赵大地，登上静谧的漕河渡槽，这个早已肩负了向首都送水使命的“立交桥”，竟然到处喧嚣着生命的热烈气息，不仅渡槽之上鸟鸣虫吟，就连渡槽之下庄稼拔节的声音、花萼破裂的声响，也能传进耳鼓。灵动的水，诗意的水，带给人类的是神奇的亲切。

春天里，我走进了中线渠首的南阳陶岔时，一座座荒山、荒滩都披上

古运河新貌

了绿色的新装，真是万山绿遍，氤氲如黛。明媚的阳光中，蓝天、白云、绿树、红花……各展英姿，相映成趣，正成为当地吸引游人的另一张“绿色名片”。

春天里，我站立在雄伟的丹江口大坝之上，远眺群山苍翠，湖面水天相连；近观“天池”碧水浩淼，碧蓝明净，犹如一个巨大的天然镜面，折射出大自然瞬息万变的景色。一阵阵轻风徐来，平静的湖面又像美人身上锦缎一般微微皱起，形成千万条细纹，顿时令人浮想联翩，撩人豪情万种。迷恋美丽的风景，陶醉于晶莹剔透的碧水，我禁不住走下大坝，与司机小许师傅一起走向汉水之畔，掬一捧清水，入口甘甜清冽，绝非加工的纯净水所能比拟也！

南有乔木，不可休思；
汉有游女，不可求思。
汉之广矣，不可泳思；
江之永矣，不可方思。

日出江花红胜火

美妙的中线源头，汉水汤汤，大江北上，我不由得想起了这美妙的诗句！

问苍茫大地，谁主沉浮？

我不知道当年的屈公何不在汉江之畔徜徉一番？

南水北调，无论是东线，还是中线，均为一江清水北上，这岂不是“美丽中国”最好的样本吗！

图书在版编目（CIP）数据

一江清水北上 / 裔兆宏著. -- 北京 : 五洲传播出版社，2023.3

ISBN 978-7-5085-5022-0

Ⅰ. ①一… Ⅱ. ①裔… Ⅲ. ①报告文学－中国－当代 Ⅳ. ①I25

中国国家版本馆CIP数据核字(2023)第000452号

纪实中国

主　编：任启发
策　划：荆孝敏　杜丙照

绿色中国梦

主　编：付　平
策　划：荆孝敏

一江清水北上

作　　者：裔兆宏
责任编辑：黄金敏
设计总监：闫志杰
装帧设计：徐　池
设计公司：北京正视文化艺术有限责任公司
出版发行：五洲传播出版社
地　　址：北京市海淀区北三环中路 31 号生产力大楼 B 座 6 层
邮　　编：100088
发行电话：010-82005927　010-82007837
网　　址：http://www.cicc.org.cn　http://www.thatsbooks.com
印　　刷：北京市房山腾龙印刷厂
版　　次：2023 年 3 月第 1 版第 1 次印刷
开　　本：710 × 1000 mm　1/16
印　　张：11.25
图 片 数：85张
字　　数：78 千字
定　　价：82.00 元